Freundschaft mit meinem Spiegelbild. Lerne dich so wie du bist zu lieben.

Das Selbstliebe Buch für junge Frauen

Jasmin Liebherz

ISBN: 978-3-9822468-0-2

Inhalt

Vorwort

Du schaust nicht gern in den Spiegel. Du bist unzufrieden mit dir und deinem Äußeren. Überall begegnen dir Bilder von Frauen, denen du so gar nicht zu entsprechen scheinst. Du bist zu klein, zu groß, zu dick, zu dünn oder hast die falsche Schuhgröße. In der Werbung im Fernsehen, auf Instagram, auf Plakaten und in den Modemagazinen findest du Beispiele für perfekte Frauenkörper. Oft werden diese als ultimativ dargestellt. So solltest du eigentlich aussehen. Doch du bist ganz anders. Du findest dich nicht schön.

Millionen Frauen geht es so. Sie hecheln einem Ideal hinterher, das es gar nicht gibt. Dabei sind die Bilder auf den Plakaten und Social-Media-Plattformen nicht einmal echt, sondern bearbeitet. Doch für dich spielt das keine Rolle, denn die Medien, die Meinung der anderen, die Idee vom Model mit dem Superbody haben dich vollkommen im Griff.
Sie treffen einen wunden Punkt: deine mangelnde Liebe zu dir selbst.

Auch damit stehst du nicht alleine da. Die Problematik ist älter, als du denkst, und trifft die meisten Frauen. Sie leiden unter dem hohen Erwartungsdruck, den sie zu ihrem eigenen gemacht haben. Sie sind sich selbst nicht gut genug. Daher halten sie permanent Diät, besuchen Sportkurse, grenzen sich ein und ab. Ihre gesamte Persönlichkeit leidet unter den selbst gewählten Einschränkungen. Das hat nicht nur physische Auswirkungen, sondern vor allem auch psychische. Damit verbunden sind Misserfolge im Beruf und im Privatleben.

Doch es gibt Möglichkeiten, sich von den falschen Erwartungen, Anforderungen und Bildern zu befreien. Allerdings bist du dabei selbst gefragt. Du musst die Veränderung wollen und dafür etwas tun. Selbstliebe fällt nicht vom Himmel. Damit ist keine weitere der landläufigen Selbstoptimierungen gemeint, sondern ein Ausweg aus der fremdbestimmten Krise.

Mit diesem Buch kann alles anfangen. Du kannst dir über die Ursachen deines Unbehagens klar werden und deinen individuellen Weg zu mehr Selbstliebe, Eigenakzeptanz und Achtsamkeit finden. Die Wirkung ist verblüffend: Mit einer veränderten Einstellung ändert sich dein Verhältnis zu dir selbst, wächst dein Selbstvertrauen, gewinnst du an Ich-Stärke und deine Ausstrahlung wandelt sich. Vom geduckten, gestressten Wesen kannst du zu der aufrecht gehenden, wirklich starken Frau werden, die du eigentlich schon bist.

Dazu brauchst du keine Modemagazine und keine Werbung. Du lernst, deine innere Stimme zu finden und deine Stärken bewusst wahrzunehmen und zu nutzen. So gewinnst du den Glauben an dich selbst und weckst die Selbstliebe, die du wie jede Frau verdienst. Statt dich weiter kleinmachen zu lassen, wächst du durch dich selbst.
Die inneren und äußeren Blockaden, die dich daran hindern, kannst du schrittweise überwinden. In den folgenden Kapiteln findest du die Anleitung für eine Reise zu dir selbst, bei der du deine Kräfte freisetzt und ein positives Selbstbild entwickelst.

Dieses Bild kommt nicht aus der Retorte, es wurde an keinem Reißbrett entworfen und mit keinem PC entwickelt. Dieses Bild ist kein fremdes. Es ist ein Bild, das du selbst entwirfst und das dich mit all deinen Vorzügen und individuellen Besonderheiten zeigt. Am Ende siehst du dich so, wie du bist, und kannst dir selbst im Spiegel voller Freude und Energie aus ganzem Herzen zulachen.

Kapitel 1

Was bedeutet es, seinen Körper zu lieben?

1.1 Warum ist Selbstliebe so wichtig?

Selbstliebe hat einen negativen Ruf. Sie wird schnell mit Egoismus verbunden. Daher wird in der Erziehung kein großer Wert auf Selbstliebe gelegt. Erst in letzter Zeit rückt das Thema der Selbstliebe mehr in den Mittelpunkt. Achtsamkeit heißt das Zauberwort, das aus dem Yoga kommt und Selbstliebe eindeutig positiv besetzt.

Selbstliebe wird als Quelle der Kraft gesehen. Sie gibt die Energie für Entwicklungen und schafft die Basis für erfolgreiche Beziehungen zu anderen. Sie ist es, die einem die Möglichkeit gibt, sich zu verändern. Selbstliebe heißt, sich selbst vorbehaltlos annehmen und vermittelt eine gewisse Grundakzeptanz.

Statt Energie mit Selbstzerfleischung, übermäßiger Kritik und Orientierungen nach fremden Mustern zu verschwenden, kannst du deine Kraft gezielt und liebevoll für dich selbst einsetzen. Das betrifft die Liebe zu deinem eigenen Körper, das Verständnis für dein Verhalten und die Achtsamkeit deinen Emotionen gegenüber.

Mit Selbstliebe motivierst du dich und schaffst es, Blockaden zu überwinden, die Jahre falscher Erziehung und Selbstbeschränkung errichtet haben. Um deinen Körper anzunehmen, ist Selbstliebe notwendig. Sie gehört dazu, wenn du dich entwickeln und wachsen willst. Vor allem ist sie wichtig, um sich gegen Fremdbestimmungen und falsche Ideale zu behaupten. Sie ist die Voraussetzung für ein gesundes Selbstbewusstsein und notwendige Resilienz.

Gerade Frauen machen sich selbst schnell zum Spielball fremder Vorgaben. Sie wünschen sich Anerkennung und sind bereit, fast alles dafür zu tun. Sie möchten wahrgenommen und geliebt werden.

Auf diese Liebe von außen konzentrieren sie sich. Bleibt die Zuneigung aus, suchen sie nach Schuldigen und finden diese bei sich.#

Dieses Verhalten ist kontraproduktiv und selbstzerstörerisch. Es konditioniert die eigene Psyche auf Impulse von außen und die Meinung der anderen dominiert das Ich. Eigene Ansätze werden ignoriert und verdrängt. Der rotierende Merksatz lautet: „Ich bin nicht gut genug, wenn andere mich nicht lieben." Um diese Liebe zu erhalten, versuchen Frauen, ausgesprochenen und unausgesprochenen Forderungen jederzeit gerecht zu werden, und geraten dabei immer mehr ins eigene Aus. Sie vernachlässigen sich und verlieren die Achtung vor sich selbst. Erkennst du dich wieder?

1.2 Innerer Frieden, Selbstakzeptanz, Selbstachtung

Die Orientierung nach außen, die Abhängigkeit vom Urteil und der Zuwendung anderer führt zu einem ständigen Druck. Diese Belastung erzeugt Stress. Das ist nicht nur ein emotionaler Prozess, sondern auch ein neurologischer. Dabei werden vermehrt Stresshormone ausgeschüttet.

Während die akute Erhöhung von Stresshormonen zur Handlungsfähigkeit in Gefahrensituationen beiträgt, hat eine dauernde Ausschüttung von Cortisol negative Auswirkungen.

Der Druck von außen wird als permanente Belastung empfunden, die langfristig zu Erschöpfung und Depressionen führt. Der innere Frieden ist empfindlich gestört. Du reagierst sensibler auf Signale deiner Umwelt und neigst vermehrt zu Fehldeutungen. Es ist, als seiest du in die Ecke gedrängt worden. Von allen Seiten strömen Impulse auf dich ein, die du direkt auf dich beziehst.
Das Plakat an der Ecke mit dem hochgewachsenen Model meint jedoch nicht dich, die Werbung auf deinem Handy wird von einem Algorithmus bestimmt und hat nichts wirklich mit dir zu tun, die schöne neue Freundin deines Bruders hat bestimmt ganz ähnliche Probleme wie du.

In solchen Situationen reagieren Menschen mit Rückzug oder Angriff. Sie sondern sich ab oder reagieren gereizt sowie aggressiv und haben das innere Gleichgewicht verloren. Statt Selbstakzeptanz regiert der große Kritiker, der sowohl von außen als auch von innen gefüttert wird. Die Selbstachtung sinkt immer weiter: Es lohnt sich ja nicht, man ist ja doch nichts wert.

Mit dieser Haltung wird es immer schwieriger, positive Begegnungen zu erleben. Wer möchte schon mit einer gereizten, äußerlich vernachlässigten Frau ausgehen oder diese mit einem Projekt betrauen? Das wiederum bestätigt das schlechte Selbstbild.

Ein Teufelskreis ist entstanden, der nur schwer zu durchbrechen ist. Selbstliebe ist die Voraussetzung für eine Veränderung und den Ausbruch aus den sich schnell einschleifenden Routinen. Das Positive ist: Menschen können sich ändern. Muster können durchbrochen und durch bejahende Modelle ersetzt werden.

1.3 Selbstbewusstsein aufbauen

Manche verharren in ihrer Haltung und stellen fest: „Ich habe eben kein Selbstbewusstsein." Damit manifestieren sie eine Situation, die ihnen nicht guttut. Gerade Frauen nehmen sich gerne zurück und stellen sich in die zweite Reihe. Sie halten das für Bescheidenheit, obwohl es sie selbst einschränkt und unglücklich macht. Erkennst du dich wieder?

Der Hintergrund ist auch hier wiederum ein neurologischer. Das Gehirn ist durch uralte Verhaltensweisen geprägt. Es kennt nur Flucht oder Angriff. In Auseinandersetzungen laufen sekundenschnelle Prozesse ab, die entweder in Fliehen oder Angreifen münden. Ein Teil des Gehirns wehrt sich gleichzeitig gegen Veränderungen. Bestimmt kennst du dieses merkwürdige Gefühl im Bauch, wenn du etwas Neues ausprobieren willst. Das Gefühl kommt nicht aus dem Bauch, sondern wird von dem Teil des Gehirns gesteuert, der Neues mit Gefahr gleichsetzt. Dieser Teil des Gehirns wird versuchen, dich daran zu hindern, neue Muster zu etablieren.

Schrittweise kannst du dich so trainieren, dass du Selbstbewusstsein aufbaust. Dazu gehört zunächst die innere Akzeptanz deiner selbst.

Du kannst dazu verschiedene Techniken verwenden. Eine Möglichkeit ist die Veranschaulichung. Male einfach, was du dir wünschst. Stell dir vor, was passieren müsste, damit du dich rundum glücklich fühlst oder male dich selbst mit allem, was du an dir magst. Dir fällt nichts ein? Bestimmt gibt es eine Eigenschaft, die du an dir selbst schätzt. Mindestens diese eine solltest du benennen und zeichnen. Sonst beginne mit dem, was geschehen müsste, damit du dich freust. Du kannst ein großes Bild malen und es so aufhängen, dass du es immer siehst oder du beginnst mit einem Buch, in dem du dich nur mit dir beschäftigst und deine Annäherung an dich selbst mit Bildern, Zeichnungen und Texten festhältst.

Selbstbewusstsein aufzubauen, ist ein Prozess, der individuell unterschiedlich verläuft. Bei einer geht es schneller, bei einer anderen langsamer. Wichtig ist, das Positive zu betonen und einen ersten Ansatz zu finden, damit du eine Liebesbeziehung mit dir selbst eingehen kannst und so dein Selbstbewusstsein nach und nach aufbaust.

1.4 Achtsamkeit lernen

Eine weitere Methode der Annäherung an dich selbst ist die Achtsamkeitsmeditation. Dazu musst du keine klassischen Meditationstechniken beherrschen. Du kannst mit einfachen Achtsamkeitsübungen beginnen, die sich ohne großen Aufwand wunderbar in deinen Alltag integrieren lassen.

Achtsamkeit lehrt dich zunächst, deine Gedanken zu fokussieren und bewusster zu leben. Das kannst du üben, indem du dich zunächst wenige Minuten am Tag bemühst, in diesen Augenblicken ganz bei dir zu sein und ohne zu werten, deine Umwelt wahrzunehmen. Das kann morgens in der Bahn auf dem Weg zur Arbeit sein oder gleich, wenn du aufwachst. Halte die Augen noch einen Moment geschlossen und spüre deinen Körper, lausche auf die Geräusche in deiner Umgebung und erlebe mit allen deinen Sinnen die gesamte Situation mit ihren Besonderheiten.

Du wirst staunen, was es alles zu entdecken gibt. Und du wirst dich wundern, welche Wirkung diese wenigen Minuten einmal am Tag ausgeführt auf dich haben:

- Du lernst, deine Gedanken genau zu fokussieren.
- Du kannst dich besser konzentrieren.
- Du wirst dich frischer und energetischer fühlen.
- Du wirst in Konfliktsituationen und insgesamt ruhiger und bewusster reagieren.

Notiere deine Fortschritte in deinem Buch, das du im vorigen Abschnitt begonnen hast. Nimm dir nicht zu viel vor. Beginne mit einer kleinen Übung und schreibe jeden Tag auf, was du empfunden hast.

Später kannst du die Achtsamkeitsübungen erweitern. Du kannst eine Reise durch deinen Körper antreten. Dazu folgst du einfach deinem Atem und durchläufst deinen Körper in Gedanken vom Scheitel bis zu den Zehenspitzen. Damit lernst du dich nicht nur besser kennen, sondern erwirbst auch ein Gefühl für deinen Körper und für seine Qualitäten. Du liebkost dich selbst in Gedanken und setzt damit positive Impulse, die mit der Zeit zu neuen Mustern werden und die alten negativen Gedanken ablösen.

1.5 Ich-Stärke und Selbstvertrauen

Frauen fällt es immer noch nicht leicht, sich durchzusetzen. Die Erziehung auf ein Schönheitsideal und Rollenbild hin ist in der Gesellschaft immer noch gegeben und kommt auch bei jüngeren Frauen weiterhin zum Tragen. Ich-Stärke ist primär der Erziehung zu Männern vorbehalten. Dabei ist die Anpassungsleistung, die junge Männer zu erbringen haben, eine geringere als bei jungen Mädchen und Frauen.

Das körperliche Idealbild wird weit breiter gefasst. Immer noch sind es Erfolg und Macht, die Männer auszeichnen, während Frauen bei gleicher Leistung über ihr Äußeres eingeschätzt werden.

Dabei geht es nicht vorrangig um die Garderobe, die in den Führungsetagen recht uniform und klar ist, sondern in der Tat um körperliche Vorzüge oder Nachteile.

Ich-Stärke umfasst die Fähigkeit zu Anpassung und Integration an soziale Gegebenheiten sowie die Verarbeitung von Belastungen und den Umgang mit Forderungen. Menschen mit ausgeprägter Ich-Stärke verfügen über ein großes Selbstvertrauen. Das erlaubt es ihnen, positiv gestimmter und ruhiger an die Lösung von Herausforderungen heranzugehen. Dadurch gewinnen sie Raum und Akzeptanz, um ihr Leben selbst und erfolgreich in die Hand zu nehmen sowie Herausforderungen gestärkt und sicher zu begegnen.

Ich-schwache Menschen haben es deutlich schwerer. Sie zweifeln an sich, reagieren unausgewogen und bieten eine breitere Angriffsfläche. Versagensängste begünstigen ein Versagen. Du hast es jedoch in der Hand, deine Ich-Stärke auszubauen. Erwachsenen fällt das schwerer, doch die Möglichkeit ist gegeben und du kannst sie für dich als Chance nutzen. Visualisierungen und Achtsamkeitsübungen sind erste Schritte, um Selbstliebe und Selbstvertrauen aufzubauen und darüber auch ein neues Körpergefühl zu entwickeln. Lösen sich die Blockaden, verändern sich die Muster, erlebst du diesen Prozess als befreiend und spürst auch die körperlichen Auswirkungen: Du streckst dich.

1.6 Selbstwertgefühl entwickeln

Es ist schön, sich selbst, die eigene Fantasie und Energie zu spüren. Dieses Gefühl kennen viele nicht wirklich. Der innere Kritiker reagiert und hat alles gesammelt, was an Negativem gesagt oder als Negatives verstanden wurde. Das verhindert ein positives Selbstwertgefühl. Ganz im Gegenteil: Es erfolgt eine permanente Abwertung nach innen und außen. Meist wiederholt man sich selbst, dass man nichts kann, nichts schafft, nichts taugt und nicht hübsch genug für diese Welt ist.

Der Weg zur Ausschaltung des destruktiven Kritikers führt über die bewusste Etablierung von Selbstachtung.

Stell dir vor, du wärest Zeugin eines Dialogs, bei dem permanent einer den anderen in vernichtender Weise abkanzelt. Du würdest Partei ergreifen und den schwächeren Partner stärken, vor allem, wenn die Vorwürfe haltlos sind. Genauso musst du für dich selbst Partei ergreifen und den inneren Kritiker zum Schweigen bringen.

Auch dafür gibt es mehrere Wege. Du kannst,

- jeden Abend mindestens eine Sache notieren, die du positiv gelöst hast. So machst du dir schrittweise deutlich, was du alles leistest.
- jeden Abend an einem Bild weitermalen - setze das Positive des Tages einfach dazu. Das Bild wird immer bunter. Lass es in deinem Tagebuch entstehen oder hänge es auf, so visualisierst du dein Potenzial.
- ein Mal am Tag mit einer Achtsamkeitsübung das Gedankenkarussell stoppen und einen positiv formulierten Satz als Affirmation, als Bejahung formulieren und eine Woche lang wiederholen.

Beschenke und feiere dich für erreichte Leistungen. Damit besetzt du Geleistetes positiv, statt es wie gewohnt abzuwerten. Wichtig ist, dass die Anerkennung durch dich erfolgt und nicht von außen kommt. Eine Leistung kann es auch sein, eine Niederlage zu verkraften und wieder aufzustehen. Du musst lernen, dass dein Wertungsmaßstab entscheidend ist und nicht der deiner Außenwelt. Versuche nicht, andere zu überzeugen, sondern dich selbst.

1.7 Körperakzeptanz und Authentizität

Schönheit definiert sich nicht über XXS. Eine Konfektionsgröße ist kein Lebenskonzept, auch wenn Frauenzeitschriften das behaupten. Viele Mädchen wachsen mit Bodyshaming auf. Sie fühlen sich zu fett, zu klein, bemängeln ihre Brüste oder leiden übermäßig unter einem unreinen Teint. Dabei sind das alles Äußerlichkeiten, die nichts über Stil und Format aussagen. Beschäftigst du dich mit Schönheitsidolen und Stilikonen fällt eines schnell auf: Sie hatten nach Werbegesichtspunkten bemessen Mängel.

Selbst Marilyn Monroe galt als Dickerchen. Sie trug zeitlebens Größe M. Marlene Dietrich hatte mit ihrem Körperbewusstsein zu kämpfen, bis ihr ein Regisseur erklärte, wie Schönheit vor der Kamera inszeniert wird. Die berühmte Schauspielerin war übrigens eine leidenschaftliche Köchin. Wer Wirkung studieren will, sollte sich die Biografie von Coco Chanel ansehen oder sich mit Jackie Kennedy befassen. Die beiden waren keine Abziehbildschönheiten, besaßen eine ausgeprägte Persönlichkeit und wurden umschwärmt.

Wirkung und Auftreten hängen nur bedingt von äußeren Formen ab. Gang und Attraktivität tragen mehr dazu bei als die Anzahl der Pfunde auf der Waage. Wichtig ist, wie du dich fühlst und was du für dich tust. Ein gepflegter Körper wirkt in jedem Fall anziehend, ein unliebsam gequälter kaum.

1.8 Was ist schön?

Für menschliche Schönheit gibt es keine Definition. Der ideale Körper war immer eine Fiktion, eine Idee, die sich über die Jahrhunderte hinweg wandelte. Die üppigen Körper der Rubensfrauen, die schmalen Gestalten der 1960er-Jahre sind fast diametral entgegengesetzt gebaut. Chanel meinte, die Schönheit begänne in dem Moment, in dem du beschließt, du selbst zu sein. Nichts anderes hatte die Modeschöpferin getan und damit Millionen Frauen auf der Welt die Möglichkeit gegeben, sich selbst zu definieren und ihre eigene Formel der Schönheit zu finden.

Daran solltest du denken, wenn du in den Spiegel schaust und nicht an die Magazinseiten oder die Fernsehwerbung.

1.9 Die eigene Schönheit erkennen, Stil entwickeln

Du erlebst dich in deiner Ursprünglichkeit. Wenn du lernst, dich anzunehmen, kannst du nur gewinnen. Der Zauber entsteht, wenn du erkennst, wer du bist. Mit Selbstliebe und Achtsamkeit gelingt dir der Schritt zur positiven Sicht auf den eigenen Körper.

Damit entsteht das Selbstbewusstsein, welches du für ein glückliches Leben jenseits von Fremdbestimmungen brauchst.

Du musst keine Programme und keine Diäten probieren, um bei dir anzukommen. Es ist schon alles da. Wichtig ist, dass du erkennst, dass du dein Leben lebst. Nicht die Medien, nicht der Mainstream bestimmen, wie du auszusehen hast, was du essen darfst, was du anziehen sollst. Darum kümmerst du dich ganz alleine. Aus diesem Selbst-bewusst-Sein entstehen mit Achtsamkeit und Selbstliebe Kreativität und Attraktivität. Die Verantwortung für dein Leben übernimmst du ganz allein. Das gibt dir die Freiheit, die du für ein eigenständiges Leben brauchst und aus der dein eigener Stil entsteht.

1.10 I am what I am ...

„I am my own special creation", sang Gloria Gaynor Anfang der 1980er-Jahre. Das bewusste Bekenntnis zu sich selbst setzt eine Entwicklung voraus. Wenn du erkannt hast, was Selbstliebe für dich bedeutet und was sie bewirkt, erlebst du, wie wichtig es ist, sich von alten Mustern zu befreien. Lass dich nicht zurückhalten und lass dir nicht erzählen, wie du zu sein hast, entdecke und achte dich selbst.

Die ersten Schritte hast du bereits getan. Damit setzt du einen Prozess in Gang, der dich zu dir selbst führt und dir die Selbstliebe bringt, die du brauchst, um dich zu entwickeln.

Kapitel 2

Warum sich viele junge Frauen selbst nicht lieben

2.1 Falsche Vorbilder und Schönheitsideale

Jedes Mädchen hat irgendwann einmal eine Barbie bekommen. Die Puppe mit der Wespentaille ist international berühmt und hat auf der ganzen Welt ihre Spuren hinterlassen. Vor allem in den Köpfen spukt die Idee, so aussehen zu müssen: mit langen Beinen, der schmalen Figur, der üppigen Oberweite. Dabei ist die Puppe nur eine Karikatur des weiblichen Körpers, für die es keine reale Entsprechung gibt.

Doch Mädchen begannen, ihren eigenen Körper kritisch zu sehen und strebten durch Diäten nach einem Idealmaß. Davon haben sich auch die Frauen nicht befreit, die längst nicht mehr mit einer Hausfrauenzukunft aufgewachsen sind, sondern in Büros, Kanzleien und Arztpraxen ihrer Arbeit nachgehen.

Und der Trend hält an. Die Patientinnen der ästhetischen Chirurgie werden immer jünger. Jede möchte so aussehen wie die Models aus den Hochglanzmagazinen. Selbst in den Chefetagen ist „Schönheit" Trumpf und Frauen lassen sich schnell verunsichern, wenn es um ihr Äußeres geht.

Im Fernsehen erleben sie Shows, in denen gezeigt wird, wie man selbst zum Model werden kann. Man muss sich nur anstrengen, um wunderschön zu sein. Dabei sind Licht und Schminke die eigentlichen Beautybooster. Die Shows verraten mehr über die Verlogenheit der Werbewelt als über Körperbewusstsein und echte Schönheit. Dennoch lassen sich Mädchen verführen. Gestützt wird diese Empfänglichkeit von einer Erziehung, die immer noch stark an alten Rollenbildern orientiert ist. Zwar dürfen auch Mädchen zum Wild Child werden, doch haben sie dabei bestimmte ästhetische Normen zu erfüllen.

Der Zwang zum Hübsch-Sein ist allgegenwärtig und verhindert die freie Entwicklung der eigenen Persönlichkeit.

Seit den 1960er-Jahren versuchten Frauen immer wieder, Werbekampagnen zu kippen, und traten gegen die falschen Bilder auf. Doch verändert hat sich nur wenig. Die Tradition wirkt immer noch stark und überstrahlt neue Frauenbilder.

2.2 Die Macht der Werbung

Die schönen Bilder in Zeitschriften und TV machen krank. Untersuchungen haben gezeigt, welche grausame Wirkung die ausgefeilten Marketingkonzepte haben. Für junge Frauen werden diese gestylten und am Rechner bearbeiteten Scheinfiguren zu Vorbildern. Mit allen Mitteln versuchen sie, diese angeblich idealen Maße zu erreichen. Der eigene Körper erscheint im Vergleich als wertlos. Schön ist, was über Mattscheibe und Display flimmert in Büchern oder Magazinen zu finden ist.

Die langen Beine der Models, die grazilen Figuren und harmonischen Formen sind das Werk von geschickten Aufnahmen, Licht und Retuschen. Was mit Diäten beginnt, unter dem Messer ästhetischer Chirurgen fortgesetzt wird, endet oft mit Anorexie und Bulimie bis hin zur Eigenverletzung. Hinzu kommen handfeste psychische Störungen wie ein sich steigernder Selbsthass oder Depressionen. Die durch Werbung vermittelte Idee vom perfekten Körper wird zu Fixierung und Fluch. Keine Frau sieht so aus, doch alle glauben es und junge Frauen leiden darunter.

Mit verschiedenen Kampagnen wurde gegen diesen Wahn vorgegangen. Selbst unter Models kam es zu nachhaltigen, gesundheitlichen Schäden. Viele Labels reagierten, indem Frauen ein Mindestgewicht haben mussten, wenn sie auf den Laufsteg wollten. Size Zero sollte nicht mehr gezeigt werden. Ein Mindestalter von 16 Jahren wurde festgelegt. Mit Curvy-Models und Diversität in Alters-, Gender- und Nationalitätengruppen ging man gegen die Einseitigkeit vor. Doch die Ausrichtung auf das „Anti-Model" macht Frauen nicht glücklicher. Sie wollen nicht anti sein, sondern als „schön" anerkannt werden.

Genau dort liegt der Fehler. Es geht nicht um das „anerkannt werden" von außen, auf das Werbung abzielt, sondern es geht tatsächlich um die Liebe zu sich selbst. Es ist nicht einfach, seinen eigenen Maßstab gegenüber der Werbung zu behaupten, geschweige diesen Maßstab zu finden. Jeder fühlt sich von den Versprechungen und der Ästhetik der Werbefilme und Plakate angezogen. Das zu leugnen, ist nicht sinnvoll, denn dafür wird Werbung gemacht. Du musst etwas tun, um dich zu distanzieren.

2.3 Der perfekte Körper

Es gibt eine Zeichnung von Leonardo da Vinci, die den Menschen als Maß aller Dinge darstellt. Im Mittelpunkt steht ein Mann. Allerdings verdeutlicht das Bild eines: Es geht um den Menschen und seine individuellen Dimensionen. Der perfekte Körper lässt sich nicht mit vorgegebenen Maßen bestimmen. Er ist nicht existent. Schönheitsideale entstehen als Fiktionen und Wunschvorstellungen. Sie richten sich an den weiblichen Körper als konsumierbares Gut.

Im 20. Jahrhundert entwickelten sich Frauen selbst zu einer zahlungskräftigen Konsumentengruppe. Dennoch hat sich am Klischee der behängten Kleiderpuppe wenig geändert. Frauen arbeiten zwar in allen Berufsfeldern und sind auf allen Karriereebenen vertreten, dennoch ist das Körperideal ein männlich geprägtes und betrifft vor allem die Frau. Der Körper von Männern wird weit weniger streng beurteilt und die meisten Männer definieren sich auch nicht vorrangig über ihre Kleidergröße. Dieses Selbstverständnis schützt Männer vor einem neurotischen Verhältnis zu ihrem Körper. Sie sind weit weniger anfällig für Essstörungen oder Eigenaggressionen.

Betroffen sind junge Frauen. Für sie entwickelt sich das in der Werbung gezeigte Frauenbild zur Schönheitsnorm, der sie sich scheinbar beugen müssen. Dieses fiktive Maß wird zu einem realen Hindernis beim Aufbau von Akzeptanz und Liebe dem eigenen Körper gegenüber und bestimmt letztlich die Beziehung zu sich selbst als ganzen Menschen.

Werbung wird als Sozialisationsinstanz akzeptiert. Der einheitlich perfekte Körper wird als Aufgabe verstanden. Doch diese Aufgabe lässt sich nicht lösen. Das Normbild ist etwa 1,80 Meter groß, wiegt um die 45 Kilogramm, hat blondes Haar, prägnante Wangenknochen und ist weiß. Entsprechen Frauen von Natur aus nicht diesem Bild, meinen sie, ein Problem zu haben. Ein Problem, das nur aus äußeren Vorgaben besteht, mit denen Werbung für wechselnde Kollektionen, Schminke und Katzenfutter gemacht wird. Für die meisten Männer sind das keine Bezugspunkte, nach denen sie sich richten würden.

2.4 Models versus Realität

Auf der einen Seite wird eine bunte Welt in den Medien präsentiert, auf der anderen Seite sind es einfach nur Stereotype, Klischees, die sich aus Vorgaben zusammensetzen, die nur bedingt in der Realität zu finden sind.

In der Pubertät begeben sich Mädchen auf die Suche nach dem eigenen Ich. Sie wollen ihre Identität finden. Gleichzeitig müssen sie sich verschiedenen gesellschaftlichen Anforderungen stellen. Diese reichen von den Abschlussprüfungen in der Schule über die Berufswahl, das Finden des eigenen Stils, die Auseinandersetzung mit den Veränderungen des Körpers bis zum Finden eines Freundeskreises und der Verortung innerhalb sozialer Gruppierungen.

Junge Frauen stehen dabei vor der Aufgabe, die aktuellen kulturellen Vorgaben mit der eigenen Wahrnehmung von Körperlichkeit zu vereinen. Die Geschlechterrollen sind dabei immer noch sehr rigide formuliert und Mädchen müssen sich mit ihnen auseinandersetzen. Die Medien sind ein Weg und dabei gleichzeitig Mittel und Vorgabe.

Sie sind so präsent wie nie. Viele Teenager und jungen Frauen wird nonstop von ihrem Handy begleitet. Die Werbung nimmt also nicht nur partiell und temporär begrenzt Einfluss, sondern ist allgegenwärtig. Der Jugendlichen wird die Formbarkeit ihres Körpers nahegebracht. Der Körper selbst erscheint mangelhaft. Es liegt an der jungen Frau, ob sie auch zu einem Idealkörper kommt.

Das soll sie über Diäten, den Kauf von Produkten, Operationen und einen Tagesablauf mit Optimierungskursen schaffen. Verweigert sie sich diesem Run, trägt sie die Schuld an einem als unschön definierten Körper.

Die Mädchen befinden sich in einer Zwangssituation: Sie meinen, Schuld auf sich zu laden, wenn sie nicht konsumieren und sich nicht anpassen. Gleichzeitig hadern sie mit sich und ihrer Entwicklung, denn wer möchte kein strahlend weißes Lächeln und ideale Körpermaße haben?

Die meisten Teenager und jungen Frauen sind finanziell gar nicht in der Lage, diesen als notwendig deklarierten Konsum zu bedienen. Manche Praxen für ästhetische Chirurgie bieten daher Ratenzahlung an. Für die Frauen bedeutet das Schmerzen, Risiko und Schulden. Das schlechte Gewissen und der Selbsthass kommen noch hinzu. Denn nach OP oder dem Kauf diverser Produkte hat sich an der Körpergröße und dem eigentlichen Typ meist nichts geändert, außer dass Ebbe im Portemonnaie herrscht.

2.5 Aufruf zur Dauerdiät

Mädchen fühlen sich in der Pflicht, ihr Leben nach fremden Vorgaben auszurichten. Sie machen die Bewertungskriterien der anderen zum Maßstab ihres Selbstwertgefühls. Dadurch entsteht ein permanenter Druck der Begrenzung. Das macht unzufrieden, vor allem, wenn das Ziel gar nicht erreicht werden kann. Doch statt am Ziel zu zweifeln, zweifeln die Mädchen an sich selbst.

Die Folgen sind lang anhaltende Schwierigkeiten im Umgang mit sich selbst und mit anderen. Das Körperselbstbild wird zu einem Problem, das alles andere überschattet. Die Erfahrungen, die junge Frauen sammeln, wenn sie ihren Körper optimieren, sind nicht selten fatal:

- Frauen erleben sich in ihrem Äußeren als mangelhaft.
- Obwohl es scheinbar so tolle Angebote gibt, mit denen man ihnen helfen möchte, schaffen sie es nicht, ihren Körper der Norm anzupassen.

- Frauen erfahren sich mental als mangelhaft. Sie besitzen nicht die Stärke und die Fähigkeit, ihren Körper nach Vorgaben zu formen, die doch für alle gelten.
- Diäten halten nicht, was sie versprechen. Frauen fühlen sich krank und schwach. Nicht selten treten durch Mangelernährung entstandene Folgeerkrankungen auf.
- Sinkendes Selbstvertrauen führt zu einer allgemeinen Zurücknahme – schulische Leistungen können sich verschlechtern, Bewerbungen schlagen fehl, im Job geht es nicht vorwärts.

Wenn dich das auch betrifft, hast du selbst erlebt, wie es ist, in eine Negativspirale zu geraten. Du weißt gar nicht mehr, wo du beginnen sollst. Wie eine Woge rauschen die Misserfolge über dich hinweg. Das ist beängstigend, doch du musst das nicht zulassen. Wichtig ist, dass du anfängst zu erkennen, wo die Ursachen liegen. Du bist bereits dabei, dir diese Informationen zu verschaffen und du hast erste Schritte unternommen, um für dich einen Ausweg zu finden: Du hast ein Buch angelegt, in dem du jeden Tag etwas Positives notierst. Du schaffst also jeden Tag etwas. Dein Wert sollte nicht von der Werbung einer Seifenfirma bestimmt werden, sondern von dem, was du leistest und von dem, was du wirklich bist.

2.6 Jeder Körper ist anders

Die Natur kennt kein Idealmaß. Jeder Körper ist anders. Dadurch entstehen Vielfalt und individuelle Besonderheiten. Blumen, Früchte und Tiere einer Art unterscheiden sich alle ein wenig voneinander. Würden alle gleich sein, wären sie gefährdet. Vielfalt schützt und erhält das Ökosystem am Leben. Wird künstlich Einheitlichkeit als Norm geschaffen, wird das System anfällig und läuft Gefahr, zu sterben.

Einförmigkeit kann nicht das Ziel sein. Dein Körper hat seine Besonderheiten, die du nicht verstecken oder retuschieren, sondern betonen und lieben solltest. Geh auf eine Reise und entdecke deine Individualität.

Das ist nicht einfach, wenn alles um dich herum in eine Richtung weist. Doch es gibt auch Stimmen jenseits von Werbung und Social-Media-Kanälen. Und selbst bei Instagram & Co. findest du Stimmen, die in eine andere Richtung weisen und für Individualität und ein gesundes Körperverständnis plädieren.

Die Body-Positivity-Bewegung hat sich als Reaktion auf das Bodyshaming entwickelt, von dem gerade junge Frauen sehr stark betroffen sind. Sie stellt individuelle Schönheit und die Akzeptanz des eigenen Körpers sowie das physische und psychische Wohlbefinden in den Mittelpunkt. Bestimmt fällt es dir leicht, fünf Dinge zu notieren, die dir an deinem Körper nicht gefallen. Wahrscheinlich fällt es dir schwer, fünf Dinge zu notieren, die du an deinem Äußeren magst. Hast du einmal überlegt, woher das kommt? Wer bestimmt, was hässlich oder schön ist?

Versuche, einmal aufzuschreiben, worauf deine Idee eines schönen Körpers basiert. Ist es deine beste Freundin? Warum? Weil sie wie ein Model aussieht? Hat sie tatsächlich eine Modelgröße, Modelmaße und ein Modelgewicht? Ein Model wird für Werbe- und Präsentationszwecke zurechtgemacht. Es wird geschminkt, mit Licht gearbeitet, die Fotos werden retuschiert. Ohne Make-up sehen die Frauen oft ganz durchschnittlich aus. Das Schönheitsideal wird also konstruiert. Es wird entworfen.

Wenn du an dein Äußeres denkst, begegnest du keiner Werbefigur, sondern einem realen Menschen. Das ist etwas Besonderes. Du solltest es akzeptieren und vor allem solltest du es lieben.

2.7 Der Fehler sitzt im Kopf und nicht im Bauch

Dein schlechtes Selbstwertgefühl basiert nicht auf deinem Äußeren, sondern auf deiner Bewertung. Du bewertest dich selbst negativ auf der Basis der Meinung anderer, der Plakate in der U-Bahn und von Instagram-Posts.

Zumindest die Macher der Werbung und die Betreiber der Social-Media-Accounts haben dich nie persönlich kennengelernt, doch sie vermitteln dir das Gefühl, als seiest du mangelhaft und würdest den Anforderungen nicht genügen. Die „Anforderungen" sind in dem Fall unrealistisch und nur gesetzt, damit du verschiedene Dinge einkaufst, Schönheits-OPs und Kurse bezahlst.

Es geht nicht um das Lösen von Mathematikaufgaben oder das Erlernen von Sprachen - das alles sind realistische Ziele, sondern es geht um ein irreales Konstrukt. Wer sagt, dass Du in eine XS-Größe passen musst? Wieso soll es gesund sein, sich pro Jahr durch drei Diäten zu quälen? Und vor allem: Willst du wirklich zulassen, dass Menschen, die dich nicht einmal kennen, über dein Leben und deine Gefühle bestimmen?

Du hast bereits gemerkt, dass es dir leichter fällt, fünf negative Dinge über dein Äußeres zu notieren, als fünf positive Dinge zu finden. Wenn du jetzt dazuschreibst, woher deine negativen Einschätzungen kommen, wirst du schnell erkennen, dass das Bild, das du von einem schönen Körper hast, stark von außen beeinflusst ist.

Doch Barbie gibt es nicht und auch Models tragen nicht jeden Tag 12 Stunden lang High Heels. Das solltest du wissen, wenn du morgens in die Schule gehst, zum Studium oder zur Arbeit fährst. Sieh dich einfach selbst positiv, zeig dich, wie du bist, und fühl dich mit dir wohl. Du wirst sehen, positive Gefühle bewirken kleine Wunder!

2.8 Mangelndes Selbstbewusstsein

Geringes Selbstbewusstsein hat weitreichende Folgen. In der Schule, in der Ausbildung und im Beruf nehmen sich Menschen zurück und bringen nicht die Leistungen, die sie leicht zeigen könnten. Sie behindern sich selbst, weil sie sich nicht trauen oder ihr schlechtes Selbstwertgefühl ihnen verbietet, gut zu sein und so andere links liegen zu lassen.

Im Privatleben schaffen die Mauerblümchen immer wieder Situationen, die sie in ihrem schlechten Selbstbild bestätigen. Sie gehen nicht aus, verlieren den Anschluss, überwinden sie sich doch einmal, fehlt ihnen die Übung und sie fallen unangenehm auf. Sie kleiden sich nachlässig, pflegen ihren Körper unzureichend, denn sie sind es ja nicht wert, beachtet und geschätzt zu werden.

Der Umgang mit sich selbst ist entscheidend für die Außenwahrnehmung und die Positionierung innerhalb von Gruppen. Wer sich einmal in einer Negativspirale befindet, gerät schnell in einen Sog, der ihn immer weiter nach unten zieht. Das Aussteigen ist gar nicht so einfach. Kommen Depressionen oder Ersatzhandlungen wie Frustessen hinzu, gerät das gesamte Leben schnell aus den Fugen.

Um das eigene Selbstwertgefühl zu steigern, hilft es nicht, weiter gegen sich zu wettern und Vorwürfe anzuhäufen. Du musst genau das Gegenteil tun, belohne und verwöhne dich. Fang mit kleinen Schritten an und bring Freude in dein Leben. Mit diesen positiven Energie-Shots schaffst du es, deinen Alltag und dein Leben zu verändern.

Das Lächeln am Morgen, bevor du das Haus verlässt, kann ein Anfang sein. Du kannst das in deinem Tagebuch als Erfolg notieren. Du solltest auch beschreiben, wie du dich dabei gefühlt hast. Am Anfang war es wahrscheinlich ungewöhnlich, sich selbst zuzulächeln, später wirst du erleben, dass es sich immer besser anfühlt. Du weißt nicht, wie du damit anfangen sollst? Nimm einen Cartoon, ein witziges Bild oder einen Smiley und hefte das Blatt an deinen Spiegel – der erste Schritt zum Lächeln ist gemacht.

2.9 Wie ich denke, bin ich

Unser Selbstwertgefühl beeinflusst unsere Körperhaltung, die Art, wie wir gehen, wie wir uns geben. Gleichzeitig wirkt es auf die Art, wie wir uns kleiden, wie wir unseren Körper pflegen, was wir essen und was wir für unsere Gesundheit tun.

Wenn du denkst, dass du hässlich und nichts wert bist, dass du nichts kannst und nichts zustande bringst, demontierst und begrenzt du dich selbst. Jedes Mal wird die Blockade stärker. Die neurologischen Verbindungen festigen sich. Du zementierst eine Verweigerungshaltung, die dir nicht als solche bewusst ist. Du denkst, dass du tatsächlich all diese negativen Eigenschaften hast und dass dich andere ebenfalls so sehen.

Dabei passiert folgendes: Zum einen provozierst du unbewusst Negativreaktionen, zum anderen nimmst du ausschließlich negatives Feedback von außen wahr, um dein inneres Selbstbild von dir bestätigt zu bekommen. Dabei fällt dein Körper immer mehr ein, wird deine Haltung immer gebückter, lässt du deine Schultern hängen, stopfst dich mit Essen voll oder peinigst dich mit Hungerdiäten.

Die eingefahrenen Bahnen zu verlassen, ist schwer und mit Arbeit verbunden, doch es ist nicht unmöglich. Schrittweise kannst du es schaffen. Der Ansatz ist keine radikale Diät, sondern Freundlichkeit dir selbst gegenüber. Öffne dein Herz für dich und schau dich einmal liebevoll an. Wenn du die Übung mit dem Lächeln am Morgen zwei bis drei Wochen gemacht hast, wirst du erleben, wie du nicht nur fröhlicher in den Tag startest und andere mit deiner guten Laune ansteckst, du wirst auch merken, wie sich dein Blick auf dich selbst langsam verändert.

2.10 Der andere Blick

Herz und Hirn sind miteinander verbunden. Der Organismus ist eine Einheit, die zusammenspielt. Änderst du etwas, beeinflusst das alles. Ändern sich deine Gefühle dir selbst gegenüber, beginnst du anders über dich zu denken. Gleichzeitig streckt und entspannt sich dein Körper: Du gehst aufrechter, die Schultern sinken herab, du fühlst dich insgesamt wohler. Das ist der Ansatz, mit dem du arbeiten kannst. So entwickelst du ein neues Körpergefühl und ein anderes Verhältnis zu dir selbst. Du lernst, dich zu lieben und zu akzeptieren.

Der Wandel des Blicks auf sich selbst ist nicht von heute auf morgen möglich. Selbst wenn du dir fest vornimmst, dich anders zu sehen, wird es nicht sofort gelingen. Einmal ist da der Zwang: Ich will - oder ich muss - mich anders sehen. Diesen Zwang erlebst du als zusätzlichen Druck und als Belastung. Zu deinen ganzen Problemen kommt noch ein weiteres mit gewaltigen existenziellen Ausmaßen dazu. Es entsteht eine innere Abwehr, die deine eigentliche Haltung (ich kann nichts, ich bin hässlich) bestätigt. Du wirst deine Sicht auf dich selbst tatsächlich nicht unter Druck und Zwang ändern.

Zum anderen wird dieses Scheitern deinen Blick auf dich selbst verfestigen. Dein Hirn sieht, was es sehen will, und wird sich für das negative Feedback entscheiden, weil es die negative Sicht gewohnt ist.

Gehst du jedoch liebevoll mit dir selbst um, hast du reelle Chancen, deinen Blick auf dich zu verändern und dein Selbstwertgefühl zu stärken. Dein Lächeln am Morgen ist erst der Anfang!

Kapitel 3

Einschneidende Kindheitserlebnisse

3.1 Kindheitsmuster

In der Kindheit werden wir geprägt. Es ist der Umgang der Eltern untereinander, es sind Erlebnisse in Interaktionen, es ist das Umfeld, das Verhaltensmuster und Orientierungen entstehen lässt. Wir lernen, was gut und was schlecht ist. Wir bekommen gespiegelt, was wir sind. Wir erfahren, wie wir auf andere wirken. Wir erlernen Techniken der Kommunikation und der Auseinandersetzung.

Ist die Umgebung eine positiv zugewandte, achtsame, sind die Chancen gut, dass sich ein Mensch selbstbewusst und frei entwickelt. Er kann während seiner Kindheit Ich-Stärke und Widerstandskraft entwickeln. Er schafft es, sich in Gruppen zurechtzufinden, auf Distanz zu gehen oder sich anzuschließen, und kommt auch im öffentlichen Raum zurecht.

In bestimmten Phasen sind Menschen besonders empfindsam:

- Bereits das Baby merkt, ob seine Bedürfnisse erfüllt werden. Es reagiert mit dem gesamten Körper und entwickelt sich nach dem Maß von Zuwendung, Wärme und Nahrung. Hier entsteht bereits eine Basis dafür, ob man etwas bekommt oder ob man vernachlässigt wird.
- Zwischen dem 6. und 18. Monat begegnen Kinder dem eigenen Spiegelbild mit großer Begeisterung. Das Kind muss dabei erst lernen, dass es sich selbst sieht. Indem es die Hand hebt oder Grimassen zieht, erkennt es, dass der Spiegel es selbst wiedergibt. Die Reaktion der Eltern auf dieses Sich-im-Spiel-Erkennen ist bedeutsam: Wird das Kind bestätigt, bekommt es einen positiven Impuls, wird es gerügt oder erfolgt eine negative Setzung, verbindet das Kind mit dem eigenen Bild etwas Negatives.

Die Phase der Identitätsfindung ist wichtig für die Prägung des eigenen Bildes und der eigenen Vorstellungen.

- Die Pubertät ist wiederum eine Umbauphase, die durch große Sensibilität geprägt ist. Jugendliche sind verunsichert. Das Selbstbild gerät ins Wanken und wird stark von Meinung und Reaktion des Umfeldes bestimmt.

3.2 Die Bildung von Komplexen

Störungen in der frühkindlichen Entwicklung oder während der Pubertät führen zur Bildung von Komplexen. Konflikte, Zurückweisungen, Schocksituationen, die nicht bewältigt werden, verdichten sich und werden zu Komplexen, die Entwicklungen verhindern, den Menschen belasten und sich zu einer generellen Blockade bis hin zum Suizid ausweiten können.

Mädchen und junge Frauen reagieren besonders empfindlich auf Zuweisungen und Einschätzungen ihres Äußeren. Sie nehmen diese Hinweise innerlich an und machen sie zu ihrer eigenen Meinung über sich selbst. Das führt zu einem negativen Verhältnis zum eigenen Körper und zur eigenen Sexualität.

Diese negative Selbstsicht wird ein Leben lang beibehalten und ausgebaut. Sie belastet die eigene Entwicklung, Beziehungen und kann auf die nächste Generation übertragen werden.

Minderwertigkeitsgefühlen wird ein immer größerer Raum gegeben, das Individuum fühlt sich zunehmend schlechter und hilfloser. Formen der Kompensation sind übermäßiges Essen, Kaufzwänge oder Bestrafungen durch extreme Diäten, Versagen von Genüssen und der Wertschätzung sich selbst gegenüber.

3.3 Blockaden und Grenzen

Bestimmt hast du dich schon gefragt, warum anderen vieles scheinbar so leichtfällt und dir selbst so schwer. Vielleicht traust du dir manches auch gar nicht zu. Es ist vollkommen in Ordnung, nicht alles zu können. Wir alle haben keine Superkräfte. Doch schwierig wird es, wenn du dir alltägliche Dinge versagst. Fühlst du dich unwohl, wenn du eingeladen wirst? Meldest du dich in der Klasse oder in der Ausbildung lieber nicht zu Wort? Lässt du immer anderen den Vortritt, weil du es ja doch nicht hinbekommst? Diese Einstellung ist problematisch. Sie verhindert die dir mögliche Entwicklung und sie macht dich auf Dauer unglücklich.

Wenn du beginnst, dich zu isolieren, den Kontakt zu anderen zu meiden und in Grübeleien versinkst, musst du dringend etwas für dich tun. Jeder Mensch hat Grenzen, doch entstehen diese Grenzen aus Blockaden, wird es kompliziert. Blockaden erschweren dir den Zugang zu neuen Erfahrungen oder verhindern ihn sogar. Du sagst dir selbst, dass du etwas nicht kannst. Du verbietest dir deine eigene Entwicklung. Das schränkt dich ein und macht dich auf Dauer krank.

Dein Selbstwertgefühl sinkt immer weiter. Diese Blockaden und Begrenzungen nehmen mit den Jahren zu. Hast du die Erkenntnis gewonnen, dass du mehr kannst, solltest du am Aufbau deines Selbstbewusstseins arbeiten. Mit der liebevollen Selbstannahme hast du bereits begonnen. Das ist ein erster Schritt, um Blockaden anzugehen und zu beseitigen. Damit entsteht gleichzeitig der Mut, Neues zu beginnen und auszuprobieren.

Gerade junge Frauen erleben sich selbst in der Pubertät als problematisch. Söhnen sie sich mit sich selbst aus, haben sie gute Chancen, ihr Leben tatsächlich in den Griff zu bekommen und erfolgreich und glücklich zu werden. Mit dieser inneren Selbstannahme geht die Annahme des Äußeren einher. Ein positives Selbstbild entwickelt sich immer als Ganzes. Es umfasst das Innere und das Äußere.

3.4 Selbsterfüllende Prophezeiung

Du lebst mit Vorsätzen und mit vorgefassten Meinungen. Diese haben einen starken Einfluss auf deine Zukunft. Sie wirken als selbsterfüllende Prophezeiungen. Die Vorhersagen treffen tatsächlich ein. Bei einer positiven Setzung fällt es dir leichter, mit Herausforderungen umzugehen. Die Chancen, dass du sie erfolgreich bewältigst, liegen höher, als wenn du mit einer negativen Setzung beginnst. Hier ist die Wahrscheinlichkeit, dass du scheiterst, deutlich größer.

Warum ist das so? Was wie Zauberei oder Magie klingt, hat etwas mit dem Wirken von Einstellungen zu tun. Gehst du positiv in Situationen,

- kannst du dich leichter vorbereiten,
- bist du offener und positiver gestimmt, dadurch lernst du leichter,
- bist du mutiger und traust dir selbst mehr zu,
- tust du alles, um Erfolg zu haben.

Anders ist es bei einer negativen Selbsterfüllenden Prophezeiung. Du stehst dir selbst im Weg und behinderst dich:

- es entstehen Blockaden, du lernst dadurch schwerer,
- du verschließt dich und fokussierst dich aufs Scheitern,
- du suchst nicht nach Lösungen, sondern siehst nur die Schwierigkeiten,
- du fühlst dich schwach, gelähmt, unfähig,
- du verhinderst deinen Erfolg.

Kinder, die oft gerügt wurden, die man nicht ernst nahm, denen Liebe fehlte und die kein Selbstwertgefühl entwickeln konnten, sind in negativen Setzungen geübt. Es fällt ihnen schwer, etwas anderes zu glauben und positive Erwartungen zu etablieren. Jedes negative Erlebnis, jede schlechte Zensur, jede nicht bestandene Prüfung bestätigen diese Einstellung und wiederholen die Erfahrung.

Erwartung und Verhalten sind eng miteinander verbunden. Du verhältst dich nach deinen Mustern. Das Positive ist, dass du die Muster verändern kannst. Das ist nicht einfach und vielleicht brauchst du dafür professionelle Hilfe, doch es geht.

Du kannst versuchen, dir den Mechanismus der selbsterfüllenden Prophezeiung zunutze zu machen, indem du bewusst ein positives Ergebnis für dich formulierst. Dazu kannst du entweder ein Bild malen oder dir eine Art Mantra überlegen. In einem Satz solltest du ausdrücken, was du dir wünschst. Diesen Satz notierst du in dein Buch oder du gestaltest ihn grafisch und hängst ihn so auf, dass du ihn sehen kannst. Wiederhole jeden Morgen und jeden Abend diesen Satz. Stell dir das Ergebnis plastisch vor.

In einem nächsten Schritt erfasst du schriftlich oder in einem Bild, was alles passieren muss, damit du dein positives Ergebnis erreichst. Aus diesen Einzelteilen stellst du ein Programm zusammen und setzt dir Meilensteine, die du schrittweise abarbeitest. Jeder Meilenstein wird als Zwischenziel gefeiert. Auf diese Weise etablierst du eine Methode, die deine bisherige Ausrichtung aufs Scheitern korrigiert und dein Selbstbewusstsein stärkt.

3.5 Der innere Kompass

Wenn es ein Rezept zur Selbstannahme und zu einem glücklichen Leben gäbe, würde es trotzdem nicht für jeden funktionieren. Das klingt deprimierend? Das ist realistisch. Jeder Mensch hat seinen besonderen Weg und seine Eigenheiten. Nicht nur im Äußeren, sondern auch im Inneren. Jeder von uns weiß ungefähr, was man machen muss, um sich wohlzufühlen. Doch die Umsetzung ist nicht immer einfach.

Die Muster unserer Kindheit, die Erfahrungen und wir selbst errichten Barrieren, die zu Blockaden werden. Die festgefahrenen Wege, die gewohnten Muster leiten uns und bestimmen als innerer Kompass die Richtung, in die wir uns bewegen.

Der innere Kompass verordnet uns Rückzug oder Schonhaltung, er geht auf Nummer sicher und duldet keine Abweichung vom Kurs. Gerade darum sind wir so empfänglich für äußere Bestätigungen. Frauen sammeln geradezu die Botschaften der Werbetafeln und Illustrierten. Sie suchen nach Zusatzproblemen in ihrem Äußeren, die gar keine sind.

Doch der innere Kompass zeigt an, dass wir uns nicht wohlfühlen Du findest dich nicht schön. Die Magazine bestätigen dir, dass dein Gesicht unregelmäßig ist, deine Nase zu lang, dein Busen zu klein. Diese Scheinprobleme werden zu Ersatzmitteln und Bestätigungen. Sie ersetzen die echten Herausforderungen - zum Beispiel eine lieblose Betreuung in der Kindheit - durch scheinbare Probleme wie eine zu lange Nase.

Du kannst deinen inneren Kompass neu einrichten, indem du die Herausforderungen deiner Erziehung angehst, akzeptierst und dich mit ihnen aussöhnst, um dich verabschieden zu können und etwas Neues anzufangen.

Diesen Weg wirst du nur gehen können, wenn du gleichzeitig lernst, dich selbst anzunehmen und zu lieben. Innere Akzeptanz ist der erste Schritt zur äußeren Annahme.

Indem du dir morgens zulächelst und fröhlicher in den Tag gehst, beginnt die Reise zu dir selbst. Notierst du jeden Tag etwas Positives, wächst dein Selbstvertrauen: Du beginnst, an dich zu glauben. Damit wendet sich dein innerer Kompass langsam in Richtung Erfolg.

Du verlässt die eingetretenen Pfade und fängst an, neue Muster zu entwickeln.

3.6 Die Geschichte vom Inneren Kind

Das Innere Kind ist eine Modellvorstellung für die Erlebnisse und Muster, die in der Kindheit entstanden sind. Menschen mit einer glücklichen Kindheit, die Anerkennung und Achtsamkeit erfahren haben, entwickeln in der Regel ein ausgewogenes, reifes Verhältnis im Umgang mit den eigenen Emotionen und der Verarbeitung von Erfahrungen.

Sie verhalten sich erwachsen sich selbst und anderen gegenüber. Sie können für sich und ihre Bedürfnisse sorgen, haben ein angemessenes Selbstwertgefühl, verfügen über Widerstandskraft und können auch gut mit dem eigenen Körper umgehen.

Die Ausgewogenheit entsteht aus dem Einklang mit sich selbst und der eigenen Geschichte. Diese Menschen sind weniger vom Urteil anderer abhängig und verhalten sich rationaler, wenn es um Zuschreibungen oder Vorschriften durch Werbung und Social Media geht. Sie sind eins mit sich, verfügen über ein größeres Selbstbewusstsein und können sich und ihren Körper akzeptieren.

Wer eine restriktive Kindheit erlebt hat, die mit vielen Ablehnungen und Zurückweisungen verbunden war, hat es deutlich schwerer, sich selbst zu akzeptieren und seinen eigenen Weg zu finden. Er bildet ein deutlich schwächeres Selbstbewusstsein aus, sein Selbstwertgefühl ist fragiler. Die schlimmen Erfahrungen des Kindes werden vom Erwachsenen entweder negiert, um überleben und agieren zu können, oder er verharrt in der Position des kleinen Kindes und agiert infantil.

Während es dem einen gelingt, eine Art inneren Manager zu installieren, der zwischen den kindlichen Empfindungen und den täglichen Anforderungen der Realität vermittelt, indem er das Innere Kind weitgehend dominiert und einschließt, trennen sich andere scheinbar ganz davon und kämpfen täglich mit den alten Mustern. Sie treffen Fehlentscheidungen, machen andere für ihr Glück verantwortlich und suchen überall die Anerkennung und Liebe, die ihnen als Kind verwehrt wurde. Das agieren sie auch über ihren Körper aus.

Ziel therapeutischer Arbeit sind die Annahme des Inneren Kindes, die Versöhnung mit der Vergangenheit und der Abschied, damit der Erwachsene als gereifte Persönlichkeit agieren und Verantwortung für sich selbst, seine Handlungen, Emotionen und den eigenen Körper übernehmen kann.

3.7 Vater, Mutter und so weiter ...

Das Verhältnis der Eltern untereinander und zu den Kindern prägt deine eigenen Verhaltensweisen entscheidend. Das betrifft nicht nur die Kommunikations- und Streitkultur, sondern auch den Umgang mit dir selbst und die Sicht auf den eigenen Körper. Sind die Eltern hier achtsam, sorgen sie für eine gesunde Ernährung, Körperpflege und Bewegung werden diese Routinen leichter übernommen.

Ist das Verhältnis zum Körper in der Familie ein natürliches, sich selbst Akzeptierendes, übernehmen dies auch die Kinder. Sie stellen diese Konzepte in der Pubertät womöglich infrage, doch die Grundprägung ist gegeben und bildet die Basis für das eigene Empfinden.

Oft gibt es hier jedoch bereits Herausforderungen.

Idealfamilien in Idealsituationen mit Idealbiografien sind ein Traum. In der Regel sieht das Leben anders aus. Bereits die Eltern bringen ihre Geschichten mit in die Paarbeziehung. Dazu zählen ein altes Rollenverständnis und auch Begriffe von Schönheit und Körperlichkeit, die zu hinterfragen sind. Ist ein Paar offen, diskutiert und bespricht es seine eigenen Biografien, Haltungen und Muster, ist die Chance einer positiven Aufarbeitung und Aufhebung groß.

Viele Paare scheuen diese Beziehungsarbeit. Die alten mitgebrachten und neu entstehenden Probleme werden auf die Kinder übertragen. Dies geschieht nicht bewusst. Es sind Stellvertreter-Aktionen. Nach individueller Ausprägung werden Kinder mehr oder weniger gelobt, getadelt, emotional vernachlässigt oder überfrachtet. Die Formen von Erziehung sind vielfätig.

Die Herausforderung an den Einzelnen besteht darin, sich dieser Abfolge bewusst zu werden, sie zu verstehen und sich konkret zu fragen, wie man damit umgeht.

Mit folgenden Fragen kannst du die Aufarbeitung der eigenen Kindheit beginnen. Du kannst Dir alleine diese Fragen innerlich oder schriftlich stellen und sie beantworten:

1. Wie sieht das Frauen- und Männerbild in deiner Familie aus? Wie sind die Rollen verteilt?
2. Wie sprechen die Eltern miteinander?
3. Was bedeutet das genau für mich in meiner Situation?

3.8 Was die Mutter sagt und tut

Die Mutter ist die zentrale Figur im Leben eines Kindes. Sie ist die erste Bezugsperson, mit der sich das Kind nach der Geburt verbindet. Sie gibt Nahrung und Wärme, sorgt für Zuwendung und Schutz. Diese zentrale Position behält die Mutter in den ersten Lebensjahren.

Diese Jahre sind prägend: Das Kind erlernt alle wesentlichen Grundfähigkeiten. Es beginnt sich aufzurichten, seine Gliedmaßen gezielt zu bewegen, zu laufen, zu sprechen. Bei all dem ist die Mutter präsent. Sie lobt, sie tadelt, sie ermuntert, sie straft.

Die Position der Mutter wird durch den Vater gestärkt oder aufgelöst, indem er als zweite Bezugsperson hinzutritt. In der klassischen Paarbeziehung bleibt die Mutter dominant bis das Kind für den Vater intellektuell ansprechbar und als Wesen greifbar wird. Das passiert in der konservativen Paarbeziehung oft erst im höheren Schulalter. In moderneren Beziehungen übernimmt der Vater bereits pflegende Aufgaben im Säuglingsalter und stellt so die Bindung zum Baby her, die sich bei anhaltender Präsenz des Mannes zu einer stabilen Beziehung entwickeln kann.

Dennoch ist die Mutter ein Zentrum, um das das Kind kreist. Ihre Haltung und Meinung wird zunächst übernommen. Hat die Mutter ein gestörtes Verhältnis zu sich selbst, überträgt sich das auf das Kind. Es kann zum Sündenbock werden, der am Elend der Mutter schuld ist, oder es wird zum Stellvertreter, der erreichen soll, was der Mutter nicht gelungen ist. Das betrifft nicht nur Erfolge in der Schule, in der Ausbildung und im Studium, sondern auch das Verhältnis zum eigenen Körper.

Lehnt die Mutter sich selbst ab, kann es sein, dass sie das Kind als zweites Ich sieht und die vorher nach innen gerichtete Beschimpfung nach außen gegen ihr eigenes Kind wendet.

Es wird abgekanzelt und getadelt. Damit stehen die Chancen, ein positives Selbstbild aufzubauen, schlecht. Verhält sich die Mutter neutral oder fördert sie ihr Kind als eigenständiges Wesen, kann sich ein positives Selbstwertgefühl etablieren.

3.9 Vaters Tochter

Die Bedeutung des Vaters besteht für Mädchen zunächst in der Auseinandersetzung mit dem anderen Geschlecht. Zunächst wird der Vater als Konkurrent um die Zuneigung der Mutter erlebt. Das Baby braucht die Mutter existenziell und besetzt sie. Mutter und Kind bilden eine Einheit, in die in der klassischen Rollenverteilung, der Vater eingreift.

Mit zunehmendem Alter wird der Vater zum Stellvertreter für das männliche Gegenüber. Bringt er sich in die Pflege ein, wird das Verhältnis entspannter und enger sein. Steht er eher außerhalb des Familienalltags, gestaltet sich die Beziehung distanzierter. Dennoch wirkt diese Distanziertheit als Teil der Erziehung und Prägung. Das heranwachsende Mädchen erlebt den Vater als abwesend und verbindet das mit seiner Vorstellung vom Mann-Sein in einer Beziehung. Bildet der Vater für die Mutter den Mittelpunkt, wird das für das Mädchen ein erstes Modell. Auch in modernen Beziehungen sind es oft noch die Frauen, die halbtags arbeiten, Karriere- und Weiterbildungschancen zugunsten des Mannes und der Kinder aufgeben.

Das Frauenbild des Vaters, seine Vorstellungen von Schönheit und Weiblichkeit prägen die Tochter. Ist ein Vater dem Mainstream verhaftet, orientiert er sich an den Frauenidealen, die ihm Industrie und Werbung vorsetzen. So wird er auch seine Tochter beurteilen. Ist ein Mann eigenständig, ist die Beziehung der Eltern eine nicht auf Äußerlichkeiten angelegte, wird auch das Verhältnis zu Konsum und zur Bewertung körperlicher Schönheit ein anderes sein.
Sehen sich Vater und Mutter zunächst als Menschen, schätzen sie die Haltung des anderen und das, was er tut und kann, wird Schönheit meist als Individualität begriffen. Damit bekommt der Körper innerhalb der Familie eine andere Bewertung. Die Ausrichtung erfolgt dann eher auf Lob, Zuspruch und Akzeptanz sowie gesundheitliche Aspekte, damit fällt es Mädchen auch während der Pubertät deutlich leichter, ihren Körper zu akzeptieren und sich selbst anzunehmen.

3.10 Hilf dir selbst und lass dich frei!

Die Analyse und das Aufarbeiten der eigenen Kindheit können ein Schlüssel zu mehr Selbstliebe sein. Wenn du erkennst, was dich wie geprägt hat, findest du Möglichkeiten, damit umzugehen und neue Wege einzuschlagen. Die Beschäftigung mit der eigenen Geschichte sollte immer Versöhnung und Abschied als Ziel haben, damit du neu anfangen kannst.

Mit diesen 5 Tipps arbeitest du deine Kindheit auf:

1. Betrachte die Kindheit deiner Eltern. Sprich mit ihnen und frage sie danach. Wurden deine Eltern geliebt oder vernachlässigt? Hat deine Mutter sehr an ihrem Äußeren gezweifelt? Bestimmten Liebesentzug, Konkurrenzdruck oder Schläge das Leben deiner Eltern? Diese Erziehungsstrategien und Urteile haben wahrscheinlich auch mit dir zu tun.
2. Wechsle die Perspektive und betrachte deine Eltern nicht als Eltern, sondern einfach als Menschen mit Schwächen und Stärken. Was schätzt du besonders an ihnen? Was meinst du, können deine Eltern besonders gut?
3. Notiere die Erwartungen, die du an deine Eltern hast. Schau dir am nächsten Tag das Geschriebene an. Ist es realistisch oder erscheinen dir deine Erwartungen überzogen?
4. Schreib deinen Eltern einen Brief, in dem du alle wichtigen Situationen notierst, in denen sie dich verletzt haben. Du solltest den Brief damit beenden, dass du die Vergangenheit akzeptierst und mit ihr abschließt. Anschließend zerreiße den Brief, wirf ihn in einen Fluss oder verbrenne ihn.
5. Versöhne dich mit deinen Eltern und mit dir selbst. Übernimm Verantwortung für dein Leben und verwöhne dich selbst. Behandle dich so, wie du es dir von deinen Eltern gewünscht hättest.

Kapitel 4

Wie der Alltag unsere Selbstliebe beeinflusst

4.1 Stress statt Entspannung

Der Alltag der meisten jungen Frauen ist massiv durch Stress geprägt. Die Anforderungen werden immer höher, Zeit für sich selbst hat man kaum. Job, Ausbildung, Familie und Freunde wollen ernst und angenommen werden. Zu den kognitiven Herausforderungen in Schule und Job kommen die sozialen in den Beziehungen. Gerade in der Findungsphase ist es schwer, allem gleichermaßen gerecht zu werden.

Die Wandlung in der Pubertät ist anspruchsvoll. Der gesamte Körper verändert sich, der Hormonhaushalt stellt sich um und es kommt zu einem kompletten Umbau des neurologischen Systems. Dieser erschreckende und energiefressende Prozess hat auch sein Gutes: Er ermöglicht einen Neuanfang. Du kannst dich völlig neu erfinden und positionieren. Doch ganz so einfach, wie es klingt, ist es nicht. Du bist nicht allein mit deinen Selbstzweifeln und dem teilweisen Scheitern. Die Pubertät ist bekannt für ihr Wechselbad der Gefühle. Kommen gleichzeitig noch Widerstände von außen hinzu, wird es kompliziert.

In dieser Phase sind junge Frauen besonders empfindlich, was ihren Körper betrifft. Attraktivität spielt eine große Rolle in den Gruppen der Gleichaltrigen. Jeder möchte angenommen werden und dabei sein. Dabei geht es oft recht derb und gemein zu. Manche scheuen nichts, um andere auszustechen. Bodyshaming ist beliebt und wirksam.

Zu all den Herausforderungen kommt also auch noch der Stress, der Wettlauf um den perfekten Körper. Für Mädchen aus armen Familienverhältnissen ist das besonders hart. Für sie ist die äußere Zugehörigkeit extrem wichtig. Sie brauchen die Bestätigung der Gruppe und empfinden sie als wohltuend für das eigene, gespaltene Verhältnis zum Körper.

Und hier lauern auch die Gefahren. Die Gruppennorm orientiert sich nicht selten an Werbung und Konsum. Das Idealbild betrifft nicht nur die Körpermaße, sondern auch Kleidung und Kosmetik. Die Mädchen begeben sich in einen Wettlauf, den sie nicht gewinnen können.

4.2 Der Körper wird vernachlässigt

Der Körper wird scheinbar gehegt und doch vernachlässigt. Neben teurer Kosmetik steht für viele Mädchen und junge Frauen der schnelle Erfolg im Vordergrund. Sie unterwerfen sich zweifelhaften Diäten verfallen sogar in Magersucht oder Bulimie, gleichzeitig schlafen sie zu wenig. Kommen Alkohol und Nikotin hinzu, leidet der Körper zusätzlich. Dabei fühlen sich die jungen Frauen nicht wohl mit sich selbst, sie suchen nach Kompensation durch Shopping und Anerkennung.

Schlafmangel begünstigt eine labile Psyche. Kosmetikprodukte wirken oft kontraproduktiv, sie zerstören den natürlichen Säureschutzmantel der Haut, begünstigen Infektionen und bewirken eine vorzeitige Alterung. Später lassen sich in der Jugendzeit angelegte Schäden nur schwer oder gar nicht mehr ausgleichen. Kommen gefährliche Operationen hinzu, steigt das Risiko schwerwiegender Erkrankungen. Vor allem: Das Selbstbewusstsein hängt nicht von Creme oder Skalpell ab. Meist fühlen sich die Frauen danach nicht besser.

Bei einem unbelasteten Verhältnis zum eigenen Körper stehen Selbstbewusstsein und liebevolle Akzeptanz im Mittelpunkt. Der Gedanke der eigenen Gesundheit liegt weit näher als der nach dem neuesten Kosmetiktrend. Der eigene Typ und was einem steht, können dabei durchaus zentrales Thema sein. Warum sollte man seine Vorzüge nicht unterstreichen, die eigene Attraktivität nicht in Szene setzen?

Ausreichend Schlaf, eine gesunde, vollwertige Ernährung und Bewegung helfen, Körper, Geist und Psyche gesund zu erhalten. So kannst du mit entwicklungsbedingtem und äußerem Stress umgehen und findest doch zu einer inneren Balance und einem positiv geprägten Selbstverständnis.

Es gibt immer mehr Vorbilder für diesen Lebensstil. Sogar die Designer großer Modemarken haben ihn entdeckt und schicken immer mehr wirklich natürliche Models über die Laufstege in Paris, Mailand und New York. Hier findest du auch Anregungen zu einer gesunden Pflege des Körpers. Das beginnt beim Nagellack ohne schädliche Lösungsmittel, reicht über Yoga- und Fitnessroutinen für den Alltag bis zur leckeren Bowl mit Wildkräutern oder den Verwöhn-Momenten mit Massagen.

4.3 Noch mal Werbung und Konsum

Die Medien haben in den letzten Jahren massiv an Einfluss gewonnen. Teenager sind fast immer online und ihre Welt wird entscheidend durch Social Media bestimmt.

Hinzu kommen Fernsehen, Zeitschriften und die großen Werbetafeln. Überall lächeln einen die gleichen Frauentypen an, wird mit Bildern ein Standard gesetzt, der sich einprägt.

Merkst du das auch bei dir? Wie gehst du mit Handy & Co. um? Checkst du nonstop deine Social-Media-Accounts? Schau dir einmal deine Kontakte an. Wie viele sind real? Und überprüfe deinen Umgang mit Werbung. Oft ist uns gar nicht bewusst, wie viel Zeit wir online verbringen und welche Informationen wir aufnehmen. Auch unbewusst wirkt Werbung auf uns. Hast du einmal nach Diäten und Beauty-Accessoires geschaut, bekommst du personalisierte Werbung, die dir noch mehr aus dem Umkreis deiner Wünsche anbietet.

So kaufst du Dinge, die du ursprünglich gar nicht wolltest und überhaupt nicht brauchst.

Vor allem identifizierst du dich mit Bildern, die weder real noch gesund sind. Warum willst du für etwas bezahlen, das du nicht brauchst? Dein Taschengeld oder dein Gehalt kannst du sicher besser investieren, wenn du einmal wirklich darüber nachdenkst.

Wie kannst du dich vor der Werbefalle schützen? Ein paar Tipps, die schnell umgesetzt sind, helfen dir weiter:

1. Schreib deine Internet-Zeit auf. Du kannst das auf deinem Handy, dem Laptop oder Rechner auch einstellen, dann erfasst das Gerät von alleine, wie oft du online bist. Beim Handy kannst du einstellen, dass ab einer bestimmten Zeit, zum Beispiel ab 30 Minuten täglich die App gesperrt wird.
2. Bist du überrascht, wie viel Zeit du verdaddelst? Das ist der zweite Schritt zur Besserung, den ersten hast du schon mit der Zeiterfassung getan.
3. Reduziere deine Online-Zeiten. Morgens im Bus brauchst du kein Handy und musst auch nicht nach Sonderangeboten von Schuhen schauen. Das spart schon einmal sehr viel Zeit. Beim Essen sollte generell Handy-Verbot herrschen. Wenn du allein diese Zeiten zusammenrechnest, bist du schon auf der Gewinnerseite.
4. Werbeblocker bringen einiges! Sie schonen dein Portemonnaie und vor allem schaltest du unsinnige Identifikationsfiguren ab. Gleichzeitig trainierst du damit ein qualitätsbewusstes Einkaufen. Denn nach den Sachen, die du wirklich brauchst, kannst du gezielt schauen.

4.4 Der Blick auf der Straße

Viele junge Mädchen fühlen sich auf der Straße wie auf einem Präsentierteller. Sie wissen nicht, wie sie sich verhalten sollen. Oft fühlen sie sich provoziert oder gedemütigt.

In Umbruchphasen sind Menschen verletzlicher. Die Pubertät ist eine solche Umbruchsituation. Der Körper verändert sich, der Hormonhaushalt stellt sich um. Die Psyche und die Emotionen sind immens beteiligt.

Hinzu kommen die neuen Anforderungen in der Schule, die Berufswahl, der erste Zeit in der Ausbildung oder im Studium. Die Zeit zwischen 13 und 25 Jahren ist turbulent.

Du stellst die Weichen für deine Zukunft, bist aber noch im Wachstum und noch dazu in der krisenbelasteten Phase der Pubertät.

Stress im Freundeskreis bleibt nicht aus. Freundinnen trennen sich, man findet zusammen, man verliebt sich zum ersten Mal richtig.

Das alles belastet dich und macht dich sensibel. In solchen Phasen hat man oft das Gefühl, beobachtet zu werden oder Aufsehen zu erregen. Man bezieht vieles auf sich, obwohl man überhaupt nicht gemeint ist. Allerdings gibt es tatsächlich auch Provokationen auf der Straße, mit denen man nur schwer umgehen kann und die einen zusätzlich verunsichern.

Was tun? Zum einen solltest du kontinuierlich am Aufbau deines Selbstbewusstseins arbeiten. Stärke dich jeden Tag durch einen Blick in dein Tagebuch. Hier findest du deine Erfolge und hast dir deine Strategie notiert. Diese Selbstvergewisserung hilft dir, zu dir selbst zu finden.

Versuche, Situationen schneller zu erfassen. Das übst du, indem du sie im Nachhinein analysierst: Warst du wirklich gemeint oder hast du dir alles nur eingebildet?

Daraus kannst du wiederum Strategien ableiten, die dir helfen, künftig besser mit Provokationen umzugehen: Lege dir ein paar schlagkräftige Antworten zurecht, die den Provokateur selbst lächerlich machen. Ignoriere die Anmache bewusst. Reg dich vor allem nicht auf und bleibe auch innerlich ruhig. Solche Menschen sind es nicht wert, dass man sich mit ihnen belastet. Immer noch unsicher? Trainiere mit deiner besten Freundin - gemeinsam ist man immer stärker!

4.5 Die lieben Mitmenschen

Das Erwachsenwerden ist eine Phase der Neuorientierung, des Findens neuer Maßstäbe und des Setzens neuer Prioritäten. Die Trennung vom Elternhaus, das Weiterführen von Hobbys, die vielleicht sogar zum Beruf werden, führt dich in neue Kreise und mit anderen Menschen zusammen.

Dabei wirst du viel Positives erleben und Annahme finden, doch du wirst auch mit unangenehmen Zeitgenossen konfrontiert.

Manchmal liegt es an der eigenen Interpretation. Das solltest du zunächst überprüfen: Bist du schnell gekränkt, wenn nicht alles glatt läuft, und suchst die Schuld bei anderen? „Erfindest" du Dinge, die so nie gesagt und gemeint waren?

Haben wir uns eine Meinung gebildet, neigen wir dazu, uns die Umwelt zurecht zu schauen. Wir hören, was wir hören wollen. Das kann auch etwas Negatives sein. Dadurch fühlen wir uns bestätigt: Die Fünf in der Mathearbeit? Der Lehrer kann uns nicht leiden und hat sich außerdem über unser Aussehen geäußert. Die vermasselte Prüfung? Die Lehrerin war schon immer so komisch. Kann es nicht doch daran liegen, dass du nicht ausreichend gelernt hast? Hat der Lehrer vielleicht einmal etwas allgemein über einen Kleidungsstil geäußert, dich aber gar nicht gemeint?

Etwas anderes sind die lieben Tanten in der Verwandtschaft, die einem wohlgemeinte Ratschläge geben und einen unbewusst oder bewusst damit verletzen. Am schlimmsten ist es, wenn über einen gesprochen wird, als sei man nicht anwesend. Das ist kränkend und gemein. Verteidigt dich niemand, musst du es selbst tun und möglichst ruhig widersprechen. Ist die Rede von Babyspeck, Unsportlichkeit, mangelnder Attraktivität, kannst du etwas dagegen sagen, wenn deine Mutter es nicht tut. Schaffst du das nicht, kannst du den Raum verlassen oder einfach das Gespräch abbrechen. Erwachsene wissen sehr wohl, wann sie sich unkorrekt verhalten.

Das Gleiche kann dir in der Gruppe mit Gleichaltrigen passieren. Mobbing ist für viele ein Hobby, mit dem sie sich selbst profilieren und eigene Unsicherheiten überspielen. Bodyshaming ist gerade in der Pubertät beliebt. Wehr dich dagegen und thematisiere dieses Verhalten. Sage auch etwas, wenn andere davon betroffen sind, und suche dir Verbündete, damit die Mobbing-Fraktion keine Chance hat.

4.6 Falsche Freunde

Freunde haben immer einen großen Einfluss. In der Zeit der Pubertät gewinnen sie mit ihren Meinungen und Haltungen noch weiter an Raum. Es ist gut, wenn man jemandem vertrauen und sich zu 100 Prozent auf ihn verlassen kann. Echte Freundschaft ist ein Geschenk. Doch manchmal ist das auch ein Fehler.

Ist dir das auch schon passiert? Du gehst mit deiner Freundin zusammen shoppen und sie bestätigt dich in der Wahl eines Rockes oder Kleides, später macht sie sich darüber lustig oder wertet dich sogar vor anderen ab?

Oder du hast beschlossen, weniger Süßigkeiten zu essen. Doch am Eisstand ermuntert sie dich, um später darüber zu lästern?

Manchmal gibt es Missverständnisse. Darüber kann man miteinander reden. Manchmal benimmt man sich einfach schlecht. Dann ist es ein Ausrutscher. Doch bei manchen Mädchen ist es auch Methode, die Freundin emotional für sich auszunutzen, um sich selbst in ein besseres Licht zu rücken. Die Freundin ist selbst unsicher und transportiert diesen Blick auf dich. Indem sie dich demütigt, kann sie mit ihren eigenen Gefühlen besser umgehen. Als Bonus kommt meist noch hinzu, dass sie in der Klasse oder in eurer Clique an Ansehen gewinnt.

Das ist menschlich verwerflich und tut dir selbst auf Dauer nicht gut. Deine „Freundin" akzeptiert dich eigentlich nicht. Du bist ihr psychisches Versuchskaninchen, das sie ausnutzt, wann immer sie möchte und es ihr selbst angenehm ist. Sie reitet dich in Situationen hinein, die sie selbst fürchtet. Deine Verletzung ist ihr Gewinn.

Aus Angst vor Einsamkeit fallen Trennungen oft schwer. Manchmal sollte man dennoch überlegen, wie man sich abgrenzt und schützt. Eine falsche Freundin kann viel Schaden anrichten - innerlich und äußerlich.

Deine Geheimnisse sind bei ihr nicht gut aufgehoben, das Verständnis ist geheuchelt und das Wissen, das sie hat, wird sie gegen dich verwenden. Gerade im körperlichen Bereich kann das sehr weh tun, denn sie kennt deine Triggerpunkte genau.

4.7 Work-out oder Schokoriegel?

Wie kannst du dich vor falschen Freunden und fiesen Bemerkungen schützen? Kein Mensch lebt unter einer Glasglocke. Herausforderungen gibt es immer und das ist auch gut so, denn daran wachsen wir. Einen Schutz von außen wirst du kaum finden, doch du kannst selbst aktiv werden: Arbeite an deinem Selbstbewusstsein und tu etwas für dich und deine Gesundheit.

Ein gesunder Körper und eine gute Kondition helfen dir, psychische Stabilität zu entwickeln. Das hat organische Ursachen. Dein Gehirn arbeitet eng mit deinem Körper zusammen. Es wird von Hormonen, der Sauerstoffzufuhr durch dein Blut und viele andere Faktoren beeinflusst. Achtest du auf deine körperliche Gesundheit, schaffst du eine gute Basis dafür, auch psychisch fit zu sein.

Heißhunger auf kalorienreiche Süßigkeiten kann viele Gründe haben. Vielleicht isst du nicht regelmäßig und ersetzt verpasste Mahlzeiten mit süßen kleinen Snacks? Vielleicht bist du traurig oder gestresst? Schokolade macht tatsächlich glücklich – es werden Stoffe freigesetzt, die dich fröhlich stimmen. Doch leider kann das Schokolade-Essen auch zu einer Gewohnheit werden, um diese Gefühle zu erleben. Es entsteht so etwas wie eine Sucht nach Zucker und Kohlenhydraten. Zwei Tricks helfen dir, aus der Schoko-Falle auszusteigen:

1. Kaufe hochwertige Süßigkeiten. Echte Schokolade ist wesentlich teurer als die kleinen Snacks aus dem Supermarkt mit ihren vielen Zusatzstoffen. Ein hoher Kakaoanteil verändert aber auch den Geschmack. Die Schokolade schmeckt voller und je nach Zubereitungsart bitterer. Du kannst auch selbst mit Kakaobohnen experimentieren.

Sie machen wach und wirken wie Koffein, doch sie sind wesentlich gesünder. Mit der „Erziehung“ deines Geschmacks lässt die Sucht nach minderwertigen Süßigkeiten nach. Du isst weniger Süßes, doch gleichzeitig bekommst du ein Gefühl für hochwertige Qualität und du lernst, dir selbst wirklich etwas Gutes zu tun und dich mit kostbaren Geschenken zu verwöhnen. Das steigert deine Selbstachtung und unterstützt dich beim Aufbau deines Selbstwertgefühls. Der kleine Nebeneffekt: Solltest du wirklich ein Gewichtsproblem haben, hochwertige Schokolade hilft dir, dein Wohlfühlgewicht zu erreichen und zu halten.

2. Bewegung ist der Schlüssel zu einem gesunden Körper. Der Clou: Beim Laufen, Springen, Biken oder sogar Wandern werden Glückshormone freigesetzt. Bewegung kann zur gesunden Sucht werden. Du fühlst dich einfach glücklich an der frischen Luft und kannst das Zusammenspiel deiner Muskeln, die Bewegungen deiner Gliedmaßen genießen. Ein Workout, dass dir Spaß macht und bei dem du vielleicht sogar neue Leute kennenlernst oder Freundschaften festigst, ist ideal für einen gesunden Körper und den Aufbau eines starken Selbstwertgefühls. Fitnesscenter? Muss nicht sein - im Stadtpark läufst du umsonst und sparst dein Geld.

4.8 Zusammengesunken

Deine Psyche äußert sich auch körperlich. Bestimmt hast du schon davon gehört, dass es psychosomatische Erkrankungen gibt oder Krankheiten, die psychische Ursachen haben. Manche Menschen reagieren auf Ärger mit Kopf- oder Bauchschmerzen, andere haben dauernd Verspannungen. Umgekehrt kann ein positives Lebensgefühl dazu beitragen, dass man schneller gesund wird.

Psyche und Körper bilden eine Einheit und beeinflussen sich gegenseitig. Fühlst du dich körperlich wohl, hast du gute Chancen, glücklich zu sein oder mit Ärger schneller fertig zu werden.

Fühlst du dich unwohl, schlaff und energielos, verstärkt das negative Reaktionen.

Dafür gibt es viele organische Gründe. Einer der wichtigsten ist, dass eine instabile oder angegriffene Psyche leichter durch Stress belastet wird. Stress kann das Immunsystem schwächen, man wird schneller krank. Gerade in der Pubertät und im Jugendalter erleben Frauen oft, dass sie sich ausgezehrt und schwach fühlen. Sie werden schneller krank. Das wiederum belastet sie in Schule und Job zusätzlich. Oftmals wird den Mädchen und jungen Frauen nicht geglaubt und der Vorwurf des Simulierens steht im Raum. Dabei sind sie tatsächlich krank.

Die Psyche wirkt sich auch auf die Körperhaltung aus. Viele Mädchen laufen mit hochgezogenen Schultern oder einem gekrümmten Rücken herum. Sie trauen sich unbewusst nicht, sich aufzurichten.

4.9 Wenn der Rücken schmerzt

Rückenschmerzen sind weit verbreitet. Sie treten nicht nur im Alter auf, auch viele Jugendliche leiden unter Schmerzen im Rücken. Erwachsene mahnen oft, es läge an der falschen Haltung. Selten werden psychische Belastungen als Ursachen für Rückenschmerzen erkannt.

Das gängige Bild vom Körper einer jungen Frau zeigt eine schmale, gerade Figur mit gut entwickelten Brüsten und ausgewogenen Proportionen. Reale Menschen weisen meist eine andere Harmonie auf. Wer sich wohlfühlt, kann unbeschwert aufrecht sitzen, hat einen selbstbewussten Gang und steht auch gerade. Wer traurig ist, sinkt in sich zusammen und macht auch meist den Buckel krumm.

Schmerzen im Rücken können zum einen ohne organischen Befund sein und psychische Ursachen haben, sie können aber auch von einer psychisch bedingten Fehlhaltung herrühren. In jedem Fall strengt es den Betroffenen enorm an, seine Haltung zu verändern. Die Rückenschmerzen belasten ihn zusätzlich und ziehen ihn nach unten.

Doch Rückenschmerzen sind kein Schicksal. Du kannst etwas gegen den psychischen Druck unternehmen. Vor allen Dingen solltest du auf Ausgewogenheit in deinem Tagesablauf achten. Warum? Mit einer gesunden Lebensweise tust du schon viel für deinen Rücken. Vor allem ausreichend Schlaf ist von Bedeutung. Du ruhst dich dabei nicht nur psychisch vom Tag aus, sondern gönnst auch deinem Körper, speziell dem Rücken eine Ruhepause, in der er sich erholen und neue Kräfte sammeln kann.

4.10 Haltung kann man lernen

Noch eine Aufgabe mehr? Noch ein Zwang dazu? Nein, keinesfalls. Haltung ist auch Ausdruck von Selbstbewusstsein. Bestimmt hast du schon beobachtet, wie unterschiedlich Menschen auftreten und wahrgenommen werden. Manche nehmen sofort den ganzen Raum für sich ein, andere drücken sich an die Wand, von den Nächsten weiß man gar nicht, ob man sie überhaupt richtig sieht, so mauerblümchenhaft und unauffällig verschmelzen sie mit der Umgebung.

Der aufrechte Gang ergibt sich aus einem guten Körper- und Selbstwertgefühl. Wenn du eins mit dir bist und einverstanden mit dir selbst und deinem Aussehen, dann richtet sich automatisch auch dein Körper auf. Du entwickelst Stolz auf dich und eine gerade Haltung.

Unterstützen kannst du diesen Prozess, wenn du dich ausreichend bewegst. Dabei musst du nicht mit einer bestimmten Rückengymnastik beginnen, sondern kannst dir etwas aussuchen, was dir wirklich Spaß macht. Bist du eher der Yoga-Typ? Dann probiere es damit. Liebst du Pferde? Hervorragend, nimm Reitstunden. Oder gehst du gerne schwimmen? Vielleicht bist du eher eine Tänzerin? Du musst dich nicht sofort für eine Richtung entscheiden. Wichtig ist, dass du anfängst, Bewegung in dein Leben zu integrieren. Durch die Entwicklung der Muskulatur und die Freude an körperlicher Betätigung wächst auch dein Selbstbewusstsein und damit streckt sich gleichzeitig dein Rücken und du bekommst eine bessere Haltung.

Kapitel 5

Äußere Einflüsse

5.1 Social Media zerstört unsere Selbstliebe

Ständig blinkt das Handy, permanent wird geprüft, ob es neue Informationen gibt. Dieser Datenstress stellt eine enorme Belastung dar. Wir haben gar nicht die Möglichkeit, Erfahrungen und Informationen zu verarbeiten. Immer schneller müssen wir uns positionieren, eine Meinung haben, uns zeigen, um dazuzugehören.

Social-Media-Plattformen sind für Jugendliche oft realer als das eigentliche Leben. Ganz im Gegenteil, die Online-Welt ist zu einem entscheidenden Bestandteil der realen Welt geworden und zu einem Medium, mit dem persönliche Auseinandersetzungen, die sonst auf dem Schulhof stattfanden, millionenfach geteilt werden können und eine Öffentlichkeit erreichen, die es vor Jahrzehnten nie gegeben hätte.

Ein unvorteilhaftes Foto kann zur persönlichen Katastrophe werden, die nicht nur die Gegenwart betrifft, sondern weit in die Zukunft reicht. Das Netz gibt vielen anonymen Usern die Möglichkeit, Hass und Beleidigungen in die Welt zu setzen. Man kann so tun, als nähme man das nicht wahr und vor allem nicht persönlich. Doch natürlich greifen einen diese Urteile und Posts an.

Gleichzeitig nutzen viele Social-Media-Kanäle zur Selbstdarstellung und Selbstvermarktung. Die Likes entscheiden dann über Wert oder Unwert der eigenen Person. Über die beruflichen Konsequenzen denken die Einzelnen oft nicht nach. Das Netz vergisst nichts und schnell wird aus dem albernen Urlaubsfoto ein Grund, warum die Bewerbung auf einen Ausbildungsplatz abgelehnt wird.

Vor allem ist es jedoch die durchweg positive Sicht im Netz, die zu einem neuen sozialen Druck wird.

Immer sind die Zimmer wunderschön gestaltet und aufgeräumt, immer sind die Mädchen wunderhübsch und haben eine fantastische Bikinifigur. Akne, Stress in der Schule, strähniges Haar am Donnerstag? Fehlanzeige!

Wer sich diesem Druck dauerhaft aussetzt und nicht über die Möglichkeit zur Distanzierung verfügt, dem drohen Depressionen. Das eigene Selbstbild wird nie den Posts der Influencerinnen entsprechen. Wer sich in einen Wettbewerb von Likes und positivem Status begibt, der hat Probleme, die eigene Realität mit ihrem Up and Down zu verkraften.

5.2 Normal sein und nicht auffallen

Durch Internet und Werbung wird ein Zwang aufgebaut, den viele für sich annehmen. Alle müssen geschminkt sein, die eine angesagte Form von Jeans tragen, die Traumfigur übernehmen. Tun sie das nicht, sind sie out.

Die meisten Mädchen in der Pubertät wollen vor allem eins: dazugehören. Sie möchten nicht auffallen und im Rampenlicht stehen. Sie wollen akzeptiert werden und manche möchte sich auch in der Gruppe verstecken.

Doch was ist normal? Die Medien spiegeln uns ein Bild permanenten Erfolgs. Wer sich unterordnet, führt ein Leben wie auf Social Media. Jeder weiß eigentlich, dass man nicht immer erfolgreich sein kann. Das jeder Mensch Stärken und Schwächen hat. Das Maß kann also nicht das der immer glücklichen Selfies auf den Plattformen sein.

Doch wie findet man ein ausgewogenes Verhältnis zu den Informationen und Bildern? Der Trick liegt tatsächlich im Abschalten. Du musst nicht ständig online und überall dabei sein. Geh lieber mit deiner besten Freundin ganz real einen Kaffee trinken und lass das Handy einfach aus.

Abschalten solltest du auch noch in einem anderen Sinne: Man muss nicht alles mitmachen. Entspann dich einfach und finde deinen eigenen Stil. Das gibt es nämlich auch auf Social Media: spannende Projekte zum Selbermachen, junge Frauen, die Kleider entwerfen und nähen und Beautytipps für jeden Frauentyp haben. Individualität heißt das neue Zauberwort, das zu einer weltweit agierenden Bewegung geworden ist. Hier kannst du wirklich etwas für dich und dein Selbstbewusstsein tun. Dieser Maker-Szene hängen übrigens auch viele bekannte Designer an.

Weißt du, woher so manche Idee auf den großen Laufstegen stammt? Von der Straße. Es gibt Scouts, die direkt nach spannenden neuen Dingen Ausschau halten, die das Zeug zum nächsten Trend haben. Selbstbewusste Mädchen und junge Frauen schaffen sich ihre eigenen Stilvorlagen. Du hast Glück! Das ist möglich, du musst es nur wollen. Nicht umsonst herrscht in der Mode Vielfalt.

5.3 Das Allgemeine

In der Schule bist du dem Leistungsdruck ausgesetzt. Du musst eine Möglichkeit finden, damit umzugehen und ein gesundes Verhältnis zu Notenwahn finden. Jeder hat andere Strategien und Ziele. Der eine möchte einfach nur seine Ruhe haben und tut, was gemacht werden muss. Der andere strebt einen Einser-Abschluss an, weil er ihn fürs Studium braucht. Der Mittelweg ist sicher der beste. Ebenso ist es in der Ausbildung, im Studium oder in den ersten Jahren im Job.

Man muss nicht überall auf dem Siegertreppchen glänzen. Man sollte jedoch wissen, was man will. Vor dieser großen Aufgabe stehst du in der Pubertät und bei der Wahl deines Berufs. Eigentlich ist es die Zeit, um zunächst Erfahrungen zu sammeln. Jungen tun das oft selbstverständlicher. Das passt ins allgemeine Bild. Mädchen stehen oft weit mehr unter Druck. Zu Lernzwang und Berufswahl kommt vor allem noch der Wettlauf um den schönsten Körper.

Mädchen wird laufend vermittelt, dass sie etwas tun müssen, um überhaupt anerkannt und geliebt zu werden.

Sie müssen sich einem Maß beugen. Jungen gesteht die Gesellschaft eher zu, selbst das Maß zu sein. Jungen erhalten durch Social Media eher eine Bestätigung ihrer Person als Mädchen. Diese fühlen sich oft schlechter und grübeln, was sie tun können, um sich und vor allem ihr Äußeres zu verbessern. Sie wollen den Vorstellungen der Allgemeinheit entsprechen.

Während Jungen in der Clique wiederum schneller Bestätigung erfahren, fällt es Mädchen schwerer, in der Realität die Anerkennung zu bekommen, die sie brauchen. Sie kämpfen an allen Fronten: Sie erleben andere Mädchen als Konkurrenz, sie stehen Jungen als Schiedsrichtern gegenüber und sie müssen sich gegen die Erwachsenen behaupten.

Soziale Medien werden von Medizinern und Psychologen als selbstwertschädigend eingestuft. Doch der Abschied aus den bunten Medienkanälen fällt schwer, schließlich sind alle dort. Das Handy ist das Kommunikationsmittel der jungen Generation. Doch der Vergleich mit den bunten Bildern, die bearbeitet sind, passiert automatisch und führt vor allem zu einem: einer permanenten Unzufriedenheit mit sich selbst. Da hilft nur eins: Den eigenen Verstand an- und die sozialen Netzwerke ausschalten oder nur sehr kritisch nutzen.

5.4 Innere und äußere Zwänge

Das Selbstbild wird in der Pubertät hinterfragt und neu entworfen. Es findet eine Neuorientierung statt, die prägend für die nächsten Jahrzehnte ist. Das setzt Jugendliche zuzüglich zu den biologischen Veränderungen enorm unter Druck. Die Gereiztheit in diesem Alter ist sprichwörtlich. Sie entspringt nicht einem persönlichen, individuellen Versagen, sondern ist eine Reaktion auf den gesamten Umbau, der in Körper und Psyche stattfindet.

Jungen neigen in dieser Zeit zu Auffälligkeiten. Sie suchen bewusst das Risiko und testen ihre Grenzen teilweise bis in den Bereich der Straffälligkeit aus. Mädchen gehen weniger in die Offensive, sondern ziehen sich eher zurück und versuchen vor allem, Anschluss an das „normale“ Leben zu gewinnen.

Sie haben sich dabei verstärkt mit Rollenmustern und Vorstellungen weiblicher Lebenswege auseinanderzusetzen. Das prägt sie und wird zum Zwang, der von innen und außen auf sie wirkt.

Dabei spielen die Rolle nach Anschluss an eine soziale Gruppe, die Sehnsucht nach einer Partnerschaft und bereits die Frage nach Kindern eine Rolle. Die biologische und die soziale Entwicklung sind bei jungen Frauen nicht von Natur aus harmonisiert. Mit dem Einsetzen der Menstruation können Frauen Mütter werden. In dieser Phase befinden sie sich noch in der Schule. Die biologisch günstigste Zeit zum Gebären von Kindern liegt zwischen dem 20. und 25. Lebensjahr. In dieser Phase befinden sich die Mädchen und jungen Frauen in Ausbildung, Studium oder machen ihre ersten Erfahrungen im Job.

In diesem Spannungsfeld bewegen sich junge Frauen und müssen ihren Weg finden. Dabei müssen sie sich mit Fragen befassen, die sich jungen Männern noch gar nicht stellen. Dieser Druck ist enorm. Je nach Erziehung, sozialem Umfeld, persönlicher Stärke gelingt die Verortung in diesem komplizierten Geflecht.

Zu der Vorbereitung auf die frühe Mehrfachbelastung durch Ausbildung, Beruf, Kind und Haushalt kommt der Zwang zum wunderschönen Körper nach vorgegebenen Maßen und zur permanent guten Laune und Vitalität.

5.5 Maßstab der Medien

Das Bild der Medien vermittelt den Anspruch von Superfrauen: immer lächelnd, perfekt gestylt, mit oder ohne Kind auf dem Arm, erfolgreich im Job und regelmäßig im Fitnesscenter, den Traummann an der Seite. Doch real sieht das Leben anders aus. Viele junge Frauen meinen jedoch, dass nur sie in einer weniger schönen Welt leben würden.

Die Medien zeichnen ein Traumbild und erhöhen damit den Druck auf Frauen allgemein und auf Heranwachsende im Besonderen. Zum einen geht es um die Eingliederung von Frauen, zu einem großen Teil geht es um Kommerz.

Wer unsicher ist und sich selbst als permanent verbesserungswürdig ansieht, der ist empfänglich für hilfreiche Hinweise, die ihm die Werbung scheinbar gibt. Doch alles hat seinen Preis.

Immer jünger werden die Frauen, die mit Ernährungsstörungen auffallen oder ihren Körper selbst verletzen. Hier kann oft nur noch fundierte psychologische Unterstützung helfen. Andere versuchen, Angebote der ästhetischen Chirurgie zu nutzen, um ihren Körper einem Bild anzugleichen, das sie gar nicht erreichen können.

Mit dem Hype um den Körper allein sind andere Fragen immer noch ungelöst und werden zur sich erhöhenden Belastung. Nicht jede ist die Nummer Eins in der Schule oder im Studium. Nicht jede heiratet einen Prinzen. Und nicht jede bekommt als Zwanzigjährige alles geschenkt und ein strahlendes Baby dazu. Die rosarote Werbung verführt zu Lebensplänen, die sich nicht umsetzen lassen und gar keine Berechtigung haben. Frühe Schwangerschaften können problematische Situationen ergeben. Beziehungen sind gerade in der Jugend kompliziert und gefährdet. Der Gedanke, sich auf drei oder vier Lebensprojekte gleichzeitig zu konzentrieren, ist absurd. Nach dem Maßstab der Medien ist er jedoch erfolgreich umsetzbar.

Diese verführerischen Ideen sind, abgesehen vom Blick auf den eigenen Körper, ein Grund für Teenie-Schwangerschaften, abgebrochene Ausbildungen und ein steigendes Armutsrisiko für Frauen. Hier solltest du kritisch hinterfragen, statt nach Mustern und Anleitungen zu suchen. Was dir als „Inspiration" verkauft wird, ist oft nur bloßer Schein.

5.6 Role Models von der Stange?

Bestimmt hast du schon von Fake-Größen gehört. Dazu werden auf den Schildern größere Konfektionsgrößen als kleinere ausgegeben. Aus einer 40 wird eine 38, aus einer M eine S. Damit sollen Frauen zum Kauf verführt werden, indem ihnen vorgespielt wird, eine Model-Größe zu tragen.

Diese Schummel-Größen funktionieren, weil Frauen ihre eigenen Körpermaße nicht als korrekt empfinden, sondern ein industrielles Maß vorziehen.

Dabei steht die Massenproduktion der Modeindustrie ohnehin in der Kritik: schlechte Arbeitsbedingungen, Gifte in Stoffen und Farben, Umweltverschmutzung werden mit Billigkleidung, aber auch mit Markenartikeln verbunden. Als Gegenbewegung formiert sich eine Fraktion auch junger Menschen um die gute alte Maßschneiderei herum. Es geht nicht nur um Kleidung, sondern um eine Wertschätzung des eigenen Körpers. Hinzu kommen nachhaltige Produktion, hohe Qualität, faire Preise, Umweltfreundlichkeit, ein Bewusstsein für den Wert von Stoff, Entwurf und Arbeit sowie ein neues Gefühl für echten Luxus, mit dem man sich belohnen kann.

Das ist dir zu teuer? Rechnest du einmal zusammen, wie viel du für billige Sachen ausgibst, die oft nicht einmal eine Saison halten, wirst du erstaunt sein, dass deine Investitionen recht hoch sind. Hier lohnt es sich, einmal wirklich über die eigene Garderobe und den eigenen Stil nachzudenken. Den bekommst du nicht von der Stange. Jeder Mensch ist einzigartig und hat seine individuellen Formen. Diese Vorzüge sollten betont und Kleidung bequem und angenehm gestaltet werden. Ein neuer Korsettzwang, wie ihn Industrie und Medien aufbauen, ist nicht notwendig und nicht wünschenswert.

5.7 Frauenzeitschriften versus Wirklichkeit

Beim Friseur und beim Arzt liegen sie im Wartezimmer aus, sie lächeln von den Kioskfenstern herab oder vom Supermarktregal hinauf: Frauenzeitschriften sind allgegenwärtig und haben einen großen Einfluss auf das Frauenbild der meisten Heranwachsenden. Sie spiegeln das Bild, das die Allgemeinheit häufig noch von Frauen hat, obwohl alle wissen, dass diese Ansprüche unerfüllbar sind und real nicht umgesetzt werden.

Selbst die Welt der Supermodels sieht ganz anders aus. Es ist oft kritisiert worden, wie die Mädchen behandelt werden, die für kurze Zeit auf den Fotoshootings und Laufstegen glänzen. Dahinter stecken oft Lebenswege voller Demütigungen, Strapazen und körperlicher Anstrengungen. Hinzu kommt: Make-up, Licht und Retusche hübschen Eindruck und Bilder extrem auf.

Das im Fernsehen, in den Frauenzeitschriften und auf den Social-Media-Kanälen präsentierte Leben der Stars wirkt realistisch, doch wer etwas recherchiert, entdeckt, dass das Leben der Schauspielerinnen, Sängerinnen und Models wesentlich härter ist. Hinter den Frauen und ihrer Geschichte steht ein ganzer Stab von Fotografen, Designern und Maskenbildnern, die das Bild einer heilen Welt entwerfen und in Wort und Fotostrecke abbilden.

Wenn du dich ernsthaft und kritisch mit der Presse, der allgemeinen Meinung und den realen Anforderungen, die sich dir stellen, auseinandersetzt, entsteht eine ganz andere Sicht, entwickeln sich andere Prioritäten und Wertmaßstäbe. Du musst für dich entdecken, was dir wichtig ist und deiner individuellen Situation entspricht. Es ist wie mit den Fake-Größen in der Konfektion: Zieh dir keine Jacke an, die dir nicht passt, und belüge dich nicht.

5.8 Influencer sind nicht alles

In Videos und auf Blogs zeigen dir schicke junge Menschen, wie sie leben, was sie angeblich sind und was sie alles konsumieren, um ihren Lifestyle zu kreieren. Die Selfies und Fotos wirken spontan, doch sie sind genau geplant und werden exakt gestellt. Hinter erfolgreichen Influencern steckt nicht nur ein Konzept, sondern eine ganze Crew. Was du erlebst und sehen kannst, stimmt nicht. Es geht den Menschen vor der Kamera um nichts anderes als um ein Business.

Verlockend wirken die Bilder als schnell zu kopierende Muster. Nur sieht dein Essen auf dem Teller vermutlich nicht so toll aus wie das Gericht, das deine Lieblingsinfluencerin ins Netz gestellt hat.

Bist du einfach unfähig, dich zu ernähren? Kannst du nicht kochen? Ist mal wieder alles Mist, was du machst? Es liegt nicht an dir. Das einzige, was du dir vorwerfen kannst, ist, dass du keine komplette Fotoausrüstung und vielleicht kein Feeling für das Ausleuchten von Pommes frites oder Salat hast, damit sie magazingerecht aufgenommen werden.

Bei Influencern geht es nicht ums Leben, sondern um Marketing und Verkauf. Es geht um die Produkte, die in die Kamera gehalten werden und von denen du wahrscheinlich viele nicht brauchst. Gleichzeitig wird dir ein schlechtes Gewissen gemacht, weil mit dir etwas nicht stimmt. Doch du kannst es ändern, wenn du dein Leben mit den von der Influencerin angepriesenen Waren optimierst. Es klappt trotzdem nicht? Es kann gar nicht klappen, denn eine Diät oder ein neuer Eyeliner verändern dein Leben nicht.

Das Geschickte an der Werbung mit Influencern ist, dass nicht auf den ersten Blick sichtbar ist, dass es um Werbung geht. Man hat das Gefühl, am Leben einer realen Person teilzunehmen, ihre Sorgen und vor allem Freuden zu teilen. Und man ist dabei nicht allein: So viele Likes und Follower zeigen einem ja, wie wichtig und toll die Internetfigur ist. Was du gegen den Sog tun kannst? Nachdenken, abschalten und am echten Leben teilnehmen!

5.9 Sich finden und behaupten lernen

Du stehst vor großen Aufgaben, doch du kannst sie bewältigen und deinen Weg finden. Das ist nicht immer einfach. Die Voraussetzungen sind so unterschiedlich wie die Talente und Möglichkeiten. Schreibe einfach einmal auf, was du dir jetzt im Moment und für deine Zukunft wünschst. Und dann notiere, was dich daran hindert. Was müsste verschwinden oder geändert werden, damit du dein Ziel erreichst?

Du hast diese Übung schon einmal gemacht. Sie kann dich dein Leben lang begleiten und dir helfen, herauszufinden, wo du tatsächlich stehst und was du willst.

Du kannst dann schematisch einen Plan entwickeln, wie du deine Ziele erreichst und deine Vorstellungen durchsetzt.

5.10 Ich bin anders

Eine starke Gegenbewegung zum gängigen Konsumverhalten, zur idealisierenden Werbung und zum normativen Frauenbild formiert sich. Frauen stehen zu ihrem Körper und werden zur Individualität ermutigt. Du findest kurvige Models auf den Titelseiten von Modezeitschriften und Läden, die Kleidung verkaufen, die sich an den realen Figuren von Frauen orientieren.

Jeder Körper ist anders. Jede Frau hat eine eigene Ausstrahlung, eine eigene Geschichte und ein eigenes Leben. Das sollte sich auch in der Kleidung zeigen. Individuell werden Vorzüge betont, die Kleidung richtet sich nach Lebensstil und Wohlbefinden. Je mehr du dich mit dieser Bewegung beschäftigst und dir hier Vorbilder suchst, umso mehr kannst du dich selbst entwickeln, zeigen und zu dir stehen.

Mode soll Spaß machen und helfen, sich selbst wohlzufühlen und seine Lebensansichten zu zeigen. Mit den Frauen, Labels und Designern, die sich für echte Frauen einsetzen, bist du auf der richtigen Seite und ganz bei dir selbst.

Kapitel 6

Liebe dich selbst

6.1 Wie du es schaffst, dich selbst zu lieben

Gerade Mädchen und jungen Frauen fällt es während der Pubertät und in den Jahren danach schwer, sich selbst anzunehmen und zu lieben. Sie fühlen sich unwohl, zweifeln an ihrem Körper, ihrem Auftreten, ihrer Persönlichkeit. Du bist mit deinem Unbehagen nicht allein.

Meist fokussieren sich junge Menschen darauf, was sie nicht an sich mögen. Dieses wird extrem betont und dominiert alles andere. Dadurch fühlen sie sich insgesamt nicht so wertvoll. Sie suchen Ersatz bei anderen. Diese sollen einem die Liebe geben, die man sich selbst nicht geben kann. Doch das funktioniert meist nicht. Dafür gibt es mehrere Gründe:

- andere fühlen sich überfordert,
- man gibt die Selbstverantwortung ab,
- andere haben mit sich zu tun und können diese Aufgabe gar nicht übernehmen,
- die eigene Geschichte, die Beziehung zu Eltern und Geschwistern muss man selbst aufarbeiten.

Verlässt du dich auf andere, gerät deine Beziehung schnell in eine Schieflage: Die anderen sollen dir dauerhaft Liebe und Bestätigung entgegenbringen. Doch was ist, wenn die Beziehung zerbricht? Dann bekommst du diese Bestätigung nicht mehr. Du kannst sie also dauerhaft nur erhalten, wenn du dich um dich selbst kümmerst, dich selbst annimmst und dich selbst liebst.

Darum ist es wichtig, dass du für dich selbst entscheiden lernst. Du musst dich für dich selbst einsetzen und hinter dem stehen, was du tust. Diese emotionale Unabhängigkeit musst du dir erarbeiten, diese bedingungslose Selbstliebe musst du für dich empfinden lernen: Du brauchst sie.

Wenn du hier tatsächlich eine Herausforderung siehst, dann erstelle dir einen Plan, mit dem du lernst, dich selbst anzunehmen, dich zu beschenken, zu fördern und zu belohnen. Die Wirkung ist verblüffend. Sie kann dein gesamtes Leben positiv verändern und führt dazu, dass du ein positives, erfülltes Leben führst.

6.2 Attraktivität ist kein Hexenwerk

Selbstbewusstsein kann man sehen. Das merkst du, wenn jemand ganz selbstverständlich einen Raum betritt und ihm sofort Aufmerksamkeit geschenkt wird. Ist das Magie? Ist das Zufall oder kann man das lernen? Man kann es lernen.

Selbstbewusstsein hat viele Vorteile: Die Menschen trauen einem mehr zu. Man erreicht schneller seine Ziele, kann sich rascher durchsetzen. Selbstbewusstsein ist ein wesentlicher Bestandteil von Attraktivität.

Andere fühlen sich zu Stärke hingezogen. Selbstbewusstsein verheißt einen unkomplizierten Umgang: Hier hat jemand sein Leben im Griff und weiß, was er will. Diese Art der Selbstliebe führt zu einer Körpersprache, die attraktiv auf andere wirkt: Die gerade Haltung, der selbstbewusste Gang, der selbstsichere Blick strahlen Stärke, Kraft und Schönheit aus. Dabei kommt es gar nicht darauf an, ob die Person nach der neuesten Mode gekleidet ist und den Normmaßen entspricht. Sie wirkt einfach anziehend.

Du kannst das an dir selbst testen: Wenn du dich rundum wohlfühlst, stehst und gehst du anders. Deine Stimme ist tiefer, du atmest ruhiger, artikulierst klarer. Wenn du glücklich bist, richtet sich dein Körper auf. Genau dasselbe kann passieren, wenn du „Haltung bewahrst". Früher war dies Teil einer Erziehung, die Emotionen nur sehr begrenzt zuließ: Man beherrschte sich. Heute kannst du eine bessere Lösung für dich finden. Du sollst deine Emotionen nicht unterdrücken, aber du kannst an deiner Haltung und an deinem Atem arbeiten, um so deinen Körper positiv zu stärken.

Untersuchungen haben ergeben, dass Meditation Stress reduziert und Glückshormone freisetzt.

Außerdem stärkt das Meditieren dein Gedächtnis und hilft dir dabei, dich besser zu konzentrieren. Gleichzeitig schaltest du das Gedankenkarussell aus, das einen oft bis in die Nacht hinein verfolgt. Du musst dich nicht in den Yogasitz zwingen, du kannst auch im Liegen meditieren und deinem Atem folgen. Übst du jeden Morgen etwa 5 bis 10 Minuten, erlebst du bereits eine positive Wirkung. Notiere dir deine Übungszeiten ruhig und ziehe jede Woche Bilanz. Damit trainierst du dein Durchhaltevermögen und kannst dir selbst zeigen, wie konsequent du deine selbst gewählten Aufgaben umsetzt.

6.3 Spieglein, Spieglein an der Wand

Manche fürchten den Blick in den Spiegel. Sie sehen sich viel zu kritisch und wollen etwas aus sich machen, was es in der Realität gar nicht gibt. Wer sich genau betrachtet, entdeckt viel Schönes. Du solltest dich nicht von Komplimenten anderer abhängig machen oder auf deren Meinung setzen, sondern dein Selbstbewusstsein aus dir schöpfen.

Sinnvoll ist es, sich mit dem eigenen Typ zu beschäftigen:

- Hast du dunkle oder helle Haare?
- Ist deine Haut eher blass, leicht Oliv getönt oder spielt sie ins Bräunliche?
- Bist du hochgewachsen oder eher kleinwüchsig?
- Was passt besser zu dir: goldfarbener Schmuck oder Silber?
- Welche Augenfarbe hast du?

Nach diesen Kriterien kannst du entscheiden, was dir am besten steht. Du kannst dir deine individuelle Garderobe zusammenstellen. Zu Blondinen passen Silberschmuck und helle Farben. Starke Kontraste solltest du meiden. Wenn du eher ein dunkler Typ bist, kannst du viel mit Farben experimentieren. Selbst Schwarz und knallroter Lippenstift stehen dir.

Wenn du Schmuck in deiner Augenfarbe trägst, wirkt das harmonisch und einnehmend.

Du kannst verschiedene Haarlängen und Frisuren ausprobieren. Dafür gibt es sogar Apps, mit denen du testen kannst, wie eine Frisur bei dir wirkt.

Das Tolle an der Mode ist, dass sie Vielfältigkeit zulässt und Spaß macht. Vielleicht hast du sogar Lust, selbst zu nähen. Es gibt Kurse, in denen man mit anderen zusammen Kleider entwirft, zuschneidet und näht. Du lernst dabei gleich neue Leute kennen und du kannst Kleider direkt für dich nähen. Du kannst dich auch im Internet umschauen und dir dort Anregungen auf Do-it-yourself-Foren holen.
Hier findest du auch Gruppen, die stricken oder Schmuck herstellen. In Amerika hat sich eine ganze Szene entwickelt, die auch hier Verbreitung findet: Maker (Macher) probieren alles aus und geben sich gegenseitig Tipps. Dabei findest du auch einen ganz neuen Zugang zu dir selbst und kannst Selbstbewusstsein über deine eigenen Kreationen entwickeln.

6.4 Muster aufbrechen

Wenn du erkannt hast, dass es Muster gibt und wie diese bei dir funktionieren, dann hast du den ersten Schritt in Richtung Veränderung bereits getan. Muster sind individuell verschieden, so wie es auch die einzelnen Familiengeschichten, der Bildungsweg, die Freundschaften sind.

Die eine wächst in einem harmonischen Elternhaus auf, leidet jedoch unter der sehr schönen Mutter, der scheinbar alles fast mühelos gelingt, oder einem ehrgeizigen Vater. Eine andere wächst in einem sozial belasteten Verhältnis auf, hat jedoch eine Lehrerin, die sie unterstützt und ihr Mut macht.

Ein Weg zum Erkennen von Mustern ist, dass du darauf achtest, was dich hemmt oder warum du etwas an dir hässlich findest. Meist hat es etwas mit der Meinung anderer zu tun. Wenn du es schaffst, dir ein starkes Vorbild zu suchen, dass zu sich und seinem Körper steht, hast du eine Orientierung gewonnen. Damit kann es dir gelingen, wirksam gegen alte Muster vorzugehen.

Eine Veränderung findet nicht sofort statt, sondern schrittweise. Du musst darum kämpfen. Wichtig ist dabei, dass du dir immer wieder selbst Mut machst und dich stärkst. Eine Unterstützung von außen ist hilfreich, doch denke daran, dass du dein Selbstbewusstsein nicht dauerhaft und stabil über andere aufbauen kannst. Du musst einen Anker, eine Basis in dir selbst finden.

Dazu kannst du ein einfaches Prinzip nutzen: Belohne dich für Schritte in die richtige Richtung. Setze dir Meilensteine, kleine Aufgaben, die du in einer bestimmten Zeit erfüllen willst, und feiere das Erreichen dieser Ziele für dich.

Durch dieses Sich-selbst-Feiern setzt du positive Akzente und verbindest positive Gefühle mit dem Kampf und dem Erreichen von Zielen. Hat es sich vorher seltsam angefühlt, wenn du nicht so reagiert hast, wie es alle von dir erwarten, dann wird es langsam für dich zur Selbstverständlichkeit und zur Befreiung: Du lernst, für dich selbst einzustehen. Damit wächst deine Selbstakzeptanz und du stärkst dein Selbstbewusstsein.

6.5 Wer denkt in mir?

Die Stimmen der Kindheit haben einen großen Einfluss auf die Entwicklung unserer Persönlichkeit. Sind sie freundlich und förderlich, haben Kinder eine gute Basis, sich zu aktiven, positiv denkenden Menschen zu entwickeln. Sind sie übermäßig streng und nörgelnd, wirkt sich das negativ auf das Selbstbild, die Selbstakzeptanz und die Selbstliebe aus. Menschen haben dann nicht die Kraft, sich um sich selbst zu kümmern. Sie sehen sich vorwiegend negativ. Sie lehnen sich ab.

Viele kennen diese negative Stimme, die einen immer hemmt und einem sagt: Das schaffst du nicht. Dazu bist du zu klein, zu schwach, zu dumm, zu hässlich. Diese innere Stimme engt einen ein. Sie schließt von vornherein aus, dass Möglichkeiten bzw. Varianten von Lösungswegen gefunden werden, um ein Ziel zu erreichen. Bereits vor dem Versuch kommt das Aufgeben: Ich kann das nicht.

Jemand, der so denkt, weigert sich, erwachsen zu werden und Verantwortung zu übernehmen. Er beschränkt sich der inneren Stimme und dem, was er gelernt hat, folgend auf die Verweigerung: Ich kann das nicht. Ich gehöre nicht dazu. Ich darf das nicht.

Doch damit begrenzt sich der Mensch nicht nur, sondern er schließt sich selbst von Glückserfahrungen aus. Zwei Reaktionen resultieren aus einem negativ besetzten Denken:

- Der Mensch zieht sich zurück.
- Der Mensch wird aggressiv – gegen andere und/oder sich selbst.

Eine Veränderung erreichst du

- durch Analyse deiner Kindheit und der Kommunikation mit Eltern, Verwandten, Lehrern,
- der Bewusstwerdung und dem Wunsch, selbst Verantwortung für dich übernehmen zu wollen,
- indem du das Gegenteil zu den bisherigen Bestimmungen notierst:
    - Du kannst das nicht. / Ich kann das.
    - Du schaffst das nicht. / Ich schaff das.
    - Du bist zu schwach. / Ich bin stark.
    - Du bist hässlich. / Ich bin schön.

6.6 Gedanken werden wahr

Das, was wir denken, bestimmt unsere Handlungen. Du hast bestimmt schon beobachtet, wie Menschen trotz schlechter Ausgangsbedingungen Erfolg hatten. Die Motivation ist hier entscheidend. Wer glaubt, dass er etwas schaffen kann, hat bessere Voraussetzungen als jemand, der glaubt, dass er nichts kann. Während der eine beflügelt wird, muss der andere erst gegen seine Widerstände ankämpfen.

Wie beginnst du, an dich selbst zu glauben? Indem du zunächst lernst, dich vorbehaltlos anzunehmen. Übernimm die Verantwortung für dich selbst und sorge für dich. Das meint nicht, dass du sofort ausziehen und dir eine eigene Wohnung suchen sollst, sondern dass du dich um dich und deine Bedürfnisse selbst kümmerst. Deine Eltern sind rundum mit Job, Geschwistern und Freunden beschäftigt? Freu dich über deinen Freiraum und überlege gleichzeitig, was gut für dich ist. Nicht alle Wünsche sind sinnvoll. Lange aufbleiben, Party bis zum Morgengrauen, nie mehr das Handy aus der Hand legen, sind zunächst verlockend klingende Ideen, doch damit unterstützt du dich selbst nicht. Wahrscheinlich hast du am Morgen einen Kater, bist unausgeschlafen und bekommst Ringe unter den Augen.

Sinnvoller ist es, wirklich einmal nach der eigenen Gesundheit zu schauen und in diese Richtung zu denken: Was tut dir und deinem Körper gut?

Körper und Psyche hängen eng zusammen. Bist du gesund, fühlst du dich wohl und bist gleichzeitig psychisch stabil. Vorwürfe können dich nicht leicht treffen: Dir geht es einfach gut. Bist du müde, überreizt und abgespannt, sind das Reaktionen, die aus körperlichen Mängeln resultieren. Gleichzeitig reagierst du empfindlicher auf Meinungen aus deinem Umfeld.

6.7 Glaubenssätze erkennen und verändern

In unserer Kindheit prägen uns verschiedene Einflüsse. Ein wichtiger Part sind Leitsätze. Sie führen uns wie eine innere Stimme. Ermutigende Leitsätze können Kraft freisetzen und uns aktivieren. Andere Leitsätze können demotivieren und hemmen. Wird ein Kind in seinem Wollen bestärkt, kann es eine starke Persönlichkeit entwickeln. Es geht bei Herausforderungen zunächst einmal davon aus, dass es diese bewältigen kann. Wird einem Kind gesagt, dass es etwas nicht kann, wird es später zögern und mit negativen Annahmen an die Lösung von Aufgaben herangehen.

Dabei sind die Chancen, etwas zu erreichen, weitaus höher, wenn man sich einer Aufgabe mit positiven Gefühlen nähert.

Sätze wie „Du bist zu dick", „Du bist zu klein", „Du bist nicht hübsch genug", treffen Mädchen und prägen sie. Diese Sätze bestimmen ihre Gedanken und beschäftigen sie. Bei manchen ist es so schlimm, dass sie sich gar nicht davon lösen können. Das bindet Energie und kostet dich Kraft.

Was kannst du dagegen tun? Ein Anfang ist es, darüber nachzudenken, welche Leitsätze man hat. Was passiert vor einer Mathe-Arbeit? Sagt deine innere Stimme: „Du schaffst das" oder hörst du ein „Das kannst du nicht"? Was passiert, bevor du dich mit Freunden triffst? Hörst du ein „Was soll das? Du passt da sowieso nicht hinein" oder eine positive Bestätigung „Toll, dass du mit anderen zusammen bist"?

Wie ist es mit Kleidung oder deinem Aussehen? Und dann frage dich zunächst rational, was dir helfen würde: Brauchst du eine Aufforderung oder eher ein Nein? Auf diese Weise übernimmst du selbst die Kontrolle über dich, dein Auftreten und dein Leben. Du kannst deine Leitsätze positiv verändern. Dadurch gewinnst du an Selbstakzeptanz und an Liebe zu dir. Wenn du dich selbst liebevoll und achtsam behandelst, hat das eine spürbare Wirkung auf deine Ausstrahlung und andere begegnen dir mit deutlich mehr Respekt.

6.8 Mit Achtsamkeit in die Welt

Achtsamkeit ist ein Begriff, der ursprünglich aus dem Buddhismus kommt. Da viele Menschen Schwierigkeiten mit ihrem Leben und mit sich selbst haben, suchen sie nach Wegen. Yoga und Meditation haben sich als wirksame Werkzeuge erwiesen, um seinen eigenen Lebensweg positiv zu gestalten. Medizinische und psychologische Studien beweisen, wie wertvoll Yoga- und Meditationsübungen für Körper und Psyche sind.

Achtsamkeit schließt Selbstliebe ein. Außerdem lernst du gedanklich nicht ständig in der Vergangenheit oder in der Zukunft zu weilen, sondern im Hier und Jetzt zu leben. Das klingt einfach, ist es aber nicht.

Wenn du einmal überlegst, stellst du fest, dass du mit deinen Gedanken selten in der Gegenwart bist, sondern entweder über Vergangenes nachdenkst oder in die Zukunft schweifst.

Ein erster Schritt dieser Übung besteht darin, im Hier und Jetzt anzukommen und dort für eine bestimmte Zeit zu verweilen. Das wird dir anfangs schwerfallen, aber es geht. Nimm dir 5 Minuten auf dem Weg im Schulbus oder morgens nach dem Weckerklingeln und achte einmal auf alles, was in dem Moment passiert. Du kannst auch die Augen schließen und dich nur auf dein Gehör konzentrieren: Das Ticken des Weckers, das Schlagen einer Tür, Vogelgezwitscher oder Autolärm wirst du bewusst erleben. Wer damit Schwierigkeiten hat, kann sich auf einen anderen Sinn, z.B. das Riechen konzentrieren oder das Fühlen von Wind im Gesicht oder den warmen Sonnenstrahlen auf den Armen.

Diese Art der Achtsamkeit kannst du ausweiten und übertragen: Was passiert in dem Moment? Was brauchst du? Was braucht dein Gegenüber? Wichtig ist, dass du nicht wertest und urteilst.

Achtsamkeitsübungen wirken wie eine Meditation. Sie fokussieren dich und du lernst dabei auch, bewusster mit dir selbst umzugehen. Vor allem lernst du, dich selbst wertungsfrei zu sehen. Du kommst von einer dauernden Kritik weg, die dich hemmt, statt dich zu beflügeln.

6.9 Stärke und Akzeptanz

Verbreitet ist das Jammern und das offensive Sich-zurück-Nehmen. Menschen tun das, weil sie von anderen Hilfe und Unterstützung erwarten. Doch durch ihre Haltung zeigen sie nur, dass andere ihre Aufgaben übernehmen sollen. Niemand lässt sich gerne nötigen und niemand kann einen anderen permanent bestätigen.

Für den Jammerer ist es einfach: Er fühlt sich klein und schwach. Er ist so ehrlich, es zuzugeben, nun sollen die anderen ihn loben und es richten. Tun sie das nicht, sind sie böse. Das bestätigt sein Weltbild, und alles bleibt, wie es ist.

Die Ablehnung durch die anderen resultiert aus einer Überforderung: Wer will sich zusätzlich mit Dingen belasten, die nur jeder für sich klären kann? Aus diesem Grund kommt es zu einem Ausschluss, einem Verdrängen, dem Mangel an Respekt. Der Jammerer bringt sich selbst nicht genügend Respekt entgegen.

Wenn du dich in diesem Modell wiederfindest, solltest du etwas tun, um deine innere Position zu verändern: Fang an, dich um dich selbst zu kümmern. Das Fantastische ist, du kannst an der Stelle beginnen, die dir am einfachsten erscheint. Es ist wie bei einem Gewebe mit mehreren Strängen – es gibt nicht den einen „richtigen" Anfang. Du kannst individuell wählen. Es gibt nur ein einziges Muss, wenn du deine Situation verändern willst, das ist der Anfang selbst.

Du solltest dir an jedem Tag etwas Zeit für dich selbst nehmen. In diesen 15 oder 30 Minuten machst du keine Hausaufgaben, du räumst nicht auf und du schaltest dein Handy aus. Du bist jetzt nur für dich selbst erreichbar. Du verabredest dich mit dir. Nimm dir etwas vor, was dir wirklich Spaß macht und wirklich mit dir zu tun hat. Vielleicht nimmst du ein Sonnenbad und schließt die Augen oder du verwöhnst dich mit einer Gesichtsmaske oder du bereitest dir aufmerksam einen wunderbaren Salat zu.

Indem du dich achtest und verwöhnst, dir ein Geschenk machst und Respekt entgegenbringst, wandelt sich dein Verhältnis zur Außenwelt. Du trittst anders auf. Du entwickelst Selbstbewusstsein und beginnst, Stärke statt Unsicherheit auszustrahlen.

6.10 Jeden Tag ein bisschen mehr

Du hast einiges vor dir. Am besten schreibst du dir eine Liste in dein Notizbuch. Die Arbeit mit Listen bewährt sich auch im Alltag und hilft dir, dein Leben besser zu strukturieren. Du kannst sie auch nutzen, wenn es um Selbstliebe, Selbstwertgefühl und Akzeptanz geht.

Dabei musst du nicht alles auf einmal bewältigen. Halte dich an die Schritt-für-Schritt-Regel. Sie unterstützt dich bei der Bewältigung großer Aufgaben.

Plane die Entwicklung deiner Selbstliebe, indem du ein neues Verhältnis zu deinem Körper aufbaust. Durch Meditation oder Sport unterstützt du deine Gesundheit.

Beschäftige dich liebevoll mit deinem Äußeren: Was für ein Typ bist du? Den Spaß an Mode und Selbstdarstellung solltest du dir nicht nehmen lassen!

Überprüfe deine Psyche auf Muster und innere Stimmen: Wer bestimmt über dein Leben? Deine Eltern? Ein paar Mitschüler? Die Lehrer? Übernimm selbst Verantwortung und ersetze negative Vorgaben durch positive neue Glaubenssätze.

Entdecke Achtsamkeit und das Leben in der Gegenwart für dich. Verwöhne dich im Hier und Jetzt täglich ein wenig, nimm dich selbst wertfrei an und lerne, zielorientiert zu handeln.

Vor allem ist es wichtig, dass du beginnst, liebevoll mit dir selbst umzugehen: Darum feiere deine Erfolge, du verdienst es!

Kapitel 7

10 Selbstlieberegeln für Frauen

7.1 Sei, wer du bist

In dir steckt mehr, als du glaubst. Du musst es nur herausfinden und entfalten. Die Suche nach deinem Ich ist wie eine spannende Reise. Du wirst vieles entdecken und du solltest den Mut haben, einfach loszufahren. Du kannst das Ganze auch wie ein Spiel gestalten. Versuche, dir einmal vorzustellen, du würdest dich gar nicht kennen. Warum du das tun sollst? Ganz einfach, wenn man jemanden noch nicht kennt, urteilt man weniger.

Während du bei dir selbst nur Fehler siehst, machst du das bei einer neuen Begegnung nicht. Magst du Mangas? Dann zeichne deine eigene Bildergeschichte mit dir selbst als Heldin. Du wirst dich wundern, was du alles über dich herausfindest.

Niemand kommt perfekt auf die Welt, doch jeder hat das Recht auf ein glückliches Leben. Etwas mehr Gelassenheit, Mut und Selbstbewusstsein bewirken schon viel. Du lebst ja nicht allein, sondern mit anderen zusammen. Diese reagieren auf deine Taten und Signale. Verändert sich dein Auftreten, verändert sich auch die Haltung deiner Umgebung. Das ist nicht nur eine Frage der anderen, sondern auch der Interpretation. Beziehst du zunächst alles auf dich, interpretierst aus Angst vieles zu deinen Ungunsten und siehst Situationen eher im negativen Licht, wandelt sich das Verhältnis, wenn du beginnst, zu dir selbst zu stehen. Dadurch wiederum ergeben sich neue Chancen. Dein Leben bekommt eine positive Ausrichtung.

In dem Moment, in dem du dir selbst mehr zutraust, wandelt sich deine Erfahrungswelt. Du schließt dich selbst nicht mehr aus. Neue Erfahrungen bedeuten neue Erkenntnisse und sie hinterlassen auch Spuren im Psychischen. Du wächst innerlich.

Das Lösen aus der Enge einer eingefahrenen Sicht, die Eltern, Verwandte und Lehrer geprägt haben, ist wesentlich für dich, um deine eigenen Ansichten zuzulassen und wirklich dich selbst zu entdecken.

7.2 Jetzt bist du mal dran: Self-care ist wichtig!

Hast du das Gefühl, immer nur etwas für andere zu machen? Das muss nicht daran liegen, dass die anderen dich ständig mit Aufgaben zuschütten. Es kann auch sein, dass du dich zu sehr nach anderen richtest. Die meisten Kinder lernen, dass Egoismus negativ ist. Sie verwechseln dann oft die Sorge um sich selbst mit egoistischem Verhalten. Doch es ist keinesfalls egoistisch, sich um sich selbst zu kümmern. Es ist sogar notwendig.

Du handelst sogar fahrlässig, wenn du die Sorge um dich selbst anderen überlässt.

Doch was bedeutet es eigentlich, sich um sich selbst zu sorgen? Heißt das, dass du immer die Erste bist, die etwas bekommt? Heißt das, andere sollen sich um dich kümmern und deine Aufgaben übernehmen? Keins von beidem.

Self-care bedeutet, dass du deine Bedürfnisse kennst, ihnen nachkommst und auf dich achtest. Das edle Gefühl der Aufopferung ist gar nicht so edel. Man buhlt damit um Anerkennung. Um ein besonderes Lob. Um wirklich für andere da sein zu können, muss man jedoch selbst physisch und psychisch gesund bleiben.

Self-care beginnt bei ausreichendem Schlaf, einer ausgewogenen Ernährung, der Pflege des Körpers und auch einer Hygiene der Psyche. Jeder Mensch braucht Pausen und Phasen der Ruhe. Nimm dir Zeit für ein Bad. Such dir einen Duft aus, der dir gefällt, und verwöhne dich mit einer privaten Aromatherapie. Schling nicht irgendetwas in dich hinein, sondern gestalte den Tisch, als käme eine liebe Freundin zu Gast. Solche kleinen Gesten erfordern nicht viel, doch sie wirken Wunder.

Oft ist es der wenig respektvolle Umgang mit uns selbst, der dazu führt, dass uns auch andere respektlos behandeln können. Dagegen kannst du aktiv etwas tun, wenn du deinen Bedürfnissen genauso sorgfältig nachkommst wie den Aufgaben, die dir sonst in Schule oder Job gestellt werden.

7.3 Schau hin und finde dich schön!

Freunde dich mit deinem Bild im Spiegel an. Du veränderst dich und wächst. Du bist eine eigenständige, einmalige Persönlichkeit. Wenn du dich schon mit deinem Typ auseinandergesetzt hast, kannst du viel tun, um dir selbst zu gefallen. Dazu solltest du auch feststellen, wie du dich selbst siehst: Bist du mehr die Romantikerin oder der zupackende Typ? Du kannst auch beides einmal ausprobieren und feststellen, worin du dich wohler fühlst.

Immer mehr Designer rücken genau diesen Wohlfühlfaktor in den Mittelpunkt ihrer Kollektionen. Mode ist ein Statement, doch es ist eins unter vielen. Du interessierst dich überhaupt nicht für Äußerlichkeiten? Kein Problem, auch das ist erlaubt! Stell dir deine Garderobe nach praktischen Gesichtspunkten zusammen und setze voll und ganz auf Tragekomfort.

Wichtig ist vor allem eins: Du bist der Boss! Lass dich nicht von Modemagazinen bevormunden oder von Konfektionsgrößen tyrannisieren. Das Merkwürdige ist: Gefällst du dir selbst und fühlst du dich in deiner Kleidung wohl, trittst du automatisch selbstbewusster auf. Fühlst du dich in den angesagten Klamotten unwohl und wie verkleidet, ist das zu spüren, denn du bewegst dich gezwungener.

Freunde dich mit dir selbst an. Gönn dir angenehme Materialien in den Farben, die du liebst oder die dir besonders gut stehen. Entwickle deinen eigenen Stil. Das braucht Zeit und er wird sich bestimmt über die Jahre verändern. Vor allem solltest du dich selbst annehmen. Finde dein ganz persönliches Wohlfühlgewicht, mit dem du dich fit und gesund fühlst. Das ist auch Teil des Self-care-Programms. Achte auf ausreichend Bewegung und suche dir angenehme Körperpflegeprodukte aus.

Zu viel ist oft gar nicht gesund, damit wird der Säureschutzmantel der Haut angegriffen. Gegen Akne helfen am besten ausreichend Schlaf, eine ausgewogene Ernährung, ein Nein zu Nikotin und Alkohol sowie regelmäßiges Waschen mit einer dermatologisch abgestimmten Lotion.

7.4 Achtsamkeitsmeditation zum Aufwachen

Sie ist schon erwähnt worden: die Achtsamkeitsmeditation. Die Angst vor dem Yoga-Sitz hast du auch bereits verloren. Du kannst eine Achtsamkeitsmeditation ganz unterschiedlich durchführen:

- Folge deinem Atem. Konzentriere deine Gedanken ganz auf den Weg deines Atems vom Einatmen durch die Nase bis in den Brust- und Bauchraum und zum Ausströmen. Atme gleichmäßig und gelöst, ohne dich anzustrengen. Beobachte innerlich wie dein Brustkorb und dein Bauch sich heben, wenn der Atem sie durchströmt. Gerade für Anfängerinnen ist es gut, wenn sie ihre Gedanken auf etwas richten können. Der Atem bietet sich an. Das gleichmäßige Fließen beruhigt, baut Stress ab und führt dazu, dass du wirklich tief durchatmest. Nicht selten fehlt uns das am Tag. Oft atmen Menschen unter Stress und Angst sehr flach. Dadurch bekommt der Körper auch weniger Sauerstoff. Mit der Atem-Meditation erreichst du also mehrere Dinge auf einmal: Du baust Stress ab, du bekommst mehr Sauerstoff, du fokussierst deine Gedanken.
- Meditiere über einen neuen Glaubenssatz. Du hast davon gelesen, wie du erlernte Sätze umdrehen kannst, damit sie dich stärken, oder du hast bereits einen neuen Glaubenssatz formuliert. Indem du deine Gedanken ganz auf den Satz richtest, ihn laut oder innerlich sprichst, ihn dir bildlich vorstellst, entfaltet er seine Wirkung. Wie ein Mantra kannst du den Satz wiederholen und dich richtig in ihn einleben.

Durch diese Meditation erschließt du dir, neben der Fokussierung deiner Gedanken, der Beruhigung durch den Atem und dem Stressabbau, ein neues Selbstverständnis.

- Du kannst dich während der Meditation auf eine Reise durch deinen Körper begeben. Beginne mit dem Kopf und stelle ihn dir in allen Einzelheiten vom Haar über die Ohren bis zu deinen Augen, deiner Nase, deinem Mund vor, wie er aufgebaut ist, wandere dann gedanklich über den Hals, die Schultern, die Brust abwärts bis zu den Zehenspitzen. Du lernst dabei deinen Körper auf einer neuen Ebene kennen. Du kannst spüren, wie gut sich deine Haut anfühlt, wie perfekt das Zusammenspiel der Muskeln, Bänder und Sehnen verläuft.

7.5 Iss dich glücklich!

Überall ist von Diäten die Rede und du sollst dich glücklich essen? Das funktioniert tatsächlich. Es ist sinnvoll, über die eigene Ernährung nachzudenken. Oft ist diese nicht ausgewogen. In vielen Familien wird kaum noch gekocht. Schnelles Essen kommt ganz selbstverständlich aus der Tiefkühltruhe. In der Schule ist die Verpflegung meist ungenügend. Die Kids treffen sich in Fast-Food-Restaurants oder stürmen regelmäßig den nächsten Supermarkt. Im Büro sieht es kaum anders aus.

Hinzu kommen schmale Kassen. Viele sparen am Essen und wundern sich, wenn sie zunehmen und gleichzeitig eine Mangelernährung diagnostiziert wird. Bei der Routineuntersuchung werden oft Vitamin- und Eisenmangel festgestellt.

Es ist fast wie in der Mode: Die Fotos auf den Verpackungen der Nahrungsmittel täuschen. So gesund, wie sie aussieht, ist die Tiefkühlpizza nicht. Doch es gibt Alternativen, die noch nicht einmal viel kosten. Du kannst selber kochen und backen lernen. Du wirst sehen, das macht sogar Spaß. Du kannst einen Kurs besuchen, dir ein Kochbuch kaufen oder einfach online schauen.

Die Welt des Geschmacks ist spannend und es gibt viele Zutaten, die wirklich glücklich machen. Das ist nicht nur bei Schokolade, Kakao und Koffein so, sondern auch bei kunterbunten Früchten.

Die Zusammenstellung von Gerichten und ein Essen nach dem Lust-und-Laune-Prinzip können funktionieren. Wichtig sind zwei Dinge: einmal dein Wohlfühlgewicht und zum anderen deine Gesundheit. Du musst dich in deinem Körper wohlfühlen. Menschen mit einem Bewusstsein für sich selbst merken, wann sie zu dick werden oder zu dünn. Sie spüren, wann sie sich wohlfühlen. Bei anderen ist das bereits verdeckt. Sie haben das Gefühl für den eigenen Körper verloren. Hier sollte ein Arzt unterstützen. Du bekommst beim Hausarzt auch eine Ernährungsberatung und Hinweise zur gesunden Lebensführung.

Das Tolle ist, dass über das gemeinsame Essen auch Freundschaften entstehen. Hast du einen eigenen Garten, kannst du selbst vieles anbauen. Du kannst auch schauen, ob es bei euch einen Gemeinschaftsgarten gibt. Hier findest du ganz verschiedene Menschen aus unterschiedlichen Generationen, die gemeinsam Obst und Gemüse anbauen. Was hat das Kennenlernen anderer mit deinem Körperempfinden zu tun? Sehr viel: Du sammelst Erfahrungen, lernst andere Lebenskonzepte und auch andere Vorstellungen von Schönheit kennen. Außerdem bist du an der frischen Luft und weißt genau, woher deine Karotten und Tomaten kommen.

7.6 Das gönne ich mir: Massagen, Wellness & Co

Den eigenen Körper solltest du nicht mit Zwangsdiäten und zweifelhaften Schönheitstipps traktieren. Etwas anderes sind Massagen. Bei regelmäßiger Anwendung wirken sie entspannend, sorgen für eine gute Durchblutung der Organe und der Haut. Sie unterstützen körperliche Bewegung, Sport und Meditationen. Massagen haben eine heilsame Wirkung und können dir helfen, Self-care und Selbstliebe zu praktizieren.

Ein Besuch in einem Spa muss nicht teuer sein. Viele Schwimmbäder verfügen gleichzeitig über Sauna und Massageangebote. Du erlebst eine Auszeit vom Alltag und etwas wie einen kleinen Wellness-Urlaub. Das kann dich bei deiner Gesundheitsvorsorge unterstützen und hilft dir, fit zu bleiben.

Dabei steht nicht irgendein vorgegebenes Maß von Fitness im Raum, sondern es geht um die Gesunderhaltung deines Körpers und dein Wohlbefinden.

Wenn du den ganzen Tag die Schulbank drückst, im Büro hinter dem Schreibtisch sitzt oder im Laden stehst, sind Massagen und Wellness ein guter Ausgleich. Durch die Lockerung deiner Muskulatur kannst du Verspannungen vorbeugen, Haltungsschäden vermeiden und auf ihren Ausgleich kann rechtzeitig hingewiesen werden. Bei Masken und Ganzkörperbehandlungen erlebst du deinen Körper im Zentrum der Bemühungen. Du erfährst dich als wichtig und stehst im Mittelpunkt. Das tut auch deiner Psyche gut.

Besuchst du regelmäßig die Sauna, beugst du Erkältungskrankheiten vor. Die trockene Büroluft kann dir nicht mehr so viel anhaben. Auch deine Haut wird widerstandsfähiger. Gegen Hautunreinheiten sind Sauna und Wechselbäder perfekt. Passende Packungen und Massagen komplettieren die Behandlung.

Integrierst du diese gesundheitlichen Maßnahmen früh in dein Leben, erlebst du ihre wohltuende Wirkung auf lange Zeit. Du beugst vielen Erkrankungen wirksam vor und kannst auf jede Menge nutzloser Kosmetika verzichten. Gleichzeitig bekommst du ein Gefühl für einen gesunden Körper, mit dem du dich gerne bewegst.

Dieses Körpergefühl ist nicht mehr selbstverständlich. Bei vielen jungen Frauen ist es einem Gemisch aus Anforderungen durch Werbung und Social-Media-Kanäle, einem ungesunden Tag-und-Nacht-Rhythmus, zu wenig Schlaf, schlechter Ernährung und gleichzeitigem Selbsthass gewichen. Das kannst du anders machen.

7.7. Ein Mantra für die Seele

Um die Verbindung mit dir selbst zu stärken, dein Selbstbewusstsein aufzubauen und dich in dich selbst zu verlieben, kannst du auch ein Mantra nutzen. Mantras werden im Buddhismus zum Meditieren verwendet. Dort sind es heilige Silben, die mit ihrer Schwingung positive Veränderungen auslösen sollen. Die bekannteste Silbe ist das „Om", dass du bestimmt auch vom Yoga kennst.

Mantras werden auch von spirituellen Lehrern direkt für ihre Schüler ausgesucht, um bestimmte Gebiete zu bearbeiten. Ein Mantra ist letztlich etwas ähnliches wie ein positiver Leitsatz. Du kannst ihn in der Meditation verwenden, dir morgens und vor dem Einschlafen aufsagen und dich selbst damit stärken. Gestalte dein Mantra als Bild und finde einen Platz, an dem du es oft siehst.

Wie findest du dein Mantra? Du kannst die Sanskritworte „Aham Prema", „Ich bin Liebe", nutzen oder du stellst dir selbst deine Wünsche in kurzen klaren Sätzen zusammen: „Ich bin stark", „Ich bin schön", „Ich kann das".

So einfach, wie es klingt, ist es tatsächlich. In unserer Psyche speichern wir Kurzsätze wie „Lass das" oder „Das kannst du nicht" aus unserer Kindheit oder einer anderen Zeit intensiver Prägung wie der Pubertät. Um diesen Kernsatz lagern sich immer mehr Gedanken und Vorstellungen mit ähnlichen Aussagen, die dich hemmen. Du selbst hältst an dem „Ich bin nicht schön" fest. Das änderst du nicht innerhalb weniger Stunden, selbst wenn du rational erkennst und weißt, wie schädlich dieser Satz ist und dass er nicht stimmt.

Die Korrektur braucht Zeit. Der falsche Kernsatz muss durch einen positiven ersetzt werden. Durch Wiederholung und intensive Beschäftigung mit einem Mantra der Selbstliebe und Eigenakzeptanz setzt du eine Dynamik in Gang, die den falschen Satz ersetzt und ein Kern für neue positive Sätze wird. Der Prozess wird umgekehrt.

Aus der Sammlung negativ bestätigender Erfahrungen und Sätze wird eine Sammlung positiver Gedanken und Erfahrungen, die dich selbst motivieren und aktivieren. Du erlebst dich als schön, kraftvoll und im Einklang mit dir selbst.

Du kannst die Wirkung des Mantras durch Meditations- und Yogaübungen beeinflussen. Setze dich aufrecht hin, schließe die Augen und hebe die Arme in die Waagerechte, als wolltest du die Welt umarmen. Damit öffnest du dich und übst, deine Verschlossenheit abzulegen. Du kannst die Übung auch im Yogasitz oder im Stehen ausführen.

Anfangs wird es schwierig erscheinen, doch wenn du übst, spürst du, wie sich mit deiner inneren auch deine äußere Haltung verändert und deine Selbstliebe wächst.

7.8 Was magst du an dir?

Mach dich frei von äußeren Bewertungen und beschäftige dich wirklich einmal nur mit dir selbst. Versuche dabei auch nicht, anderen Idolen oder Wertmaßstäben zu entsprechen. Überlege dir einfach einmal, was du an dir magst. Spontan kannst du mit „nichts" antworten, doch machst du es dir damit nicht zu leicht? Das Nichts-Sagen ist eine reine Abwehrhaltung, die im Grunde nur ausdrückt, dass du selbst nichts ändern möchtest oder andere dich bemitleiden oder dir irgendwie helfen sollen.

Doch das funktioniert nicht. Du bist gefragt. Übernimm Verantwortung für dich selbst und beschäftige dich wirklich mit dir als ganzer Person. Nicht nur mit dem Teil, der negativ besetzt ist. Wenn du mit Meditationen, Massagen und Selbstannahmen auf verschiedenen Ebenen beginnst, wird sich dein Verhältnis zu dir selbst verändern. Jetzt bist du noch sehr skeptisch und arbeitest gegen Widerstände, um etwas an dir zu mögen. Bereits nach einer Woche kannst du dir schon freier gegenüberstehen und tatsächlich deine Schönheiten und Stärken stückweise anerkennen.

Das können Äußerlichkeiten, Fähigkeiten oder Emotionen sein, die du an dir schätzt und liebst.

Diese Stärken kannst du ausbauen und im nächsten Schritt in die Beziehung zu anderen einbringen. Zunächst geht es jedoch nur um eine Person, um dich selbst. Also umwirb dich, verwöhne dich, lerne dich kennen und schreib jetzt gleich einmal eine Sache auf, die du an dir magst.

7.9 Positiv denken statt kritisieren

Hör auf, dich permanent zu kritisieren und alles infrage zu stellen, was du tust. Dir gefällt ein Pullover? Dann trag ihn und freu dich über das schöne Material und die herrliche Farbe. Folgst du diesem Impuls, wirst du erstaunt sein, wie anders sich auf einmal alles anfühlt. Das lässt sich einfach erklären: Wer unsicher ist, tritt anders auf und wird anders wahrgenommen. Diese Außenwirkung verunsichert ihn noch mehr. Wer mit sich selbst im Reinen ist, sich einfach über den neuen Pulli oder Mantel freut, strahlt nach außen und wird darum leichter akzeptiert. Das wiederum führt zu einem positiven Feedback.

Schau dir in nächster Zeit verstärkt die positiven Seiten in deinem Wesen, in deinem Tun und in deinem Leben an und richte deine Handlungen in diese Richtungen aus. Geh dabei von dir aus und tu die Dinge für dich. Sei bewusst sparsam mit Kritik oder lass sie eine Zeit lang ganz weg.

Der Prozess der Selbststärkung verläuft ähnlich wie beim Loben. Ein Lob ist eine starke Motivation. An einem Lob kann man sich orientieren und mehr in dieser Richtung tun, um gelobt zu werden. Geht das Loben und Belohnen von einem selbst aus, profitiert man doppelt:

- Die Richtung stimmt und du entwickelst dich positiv.
- Du stärkst dein Ich als Orientierungswert und richtungsweisend. Nicht andere entscheiden, sondern du selbst stellst die Regeln auf. Das macht dich stark.

7.10 Sei dankbar!

Ist das keine Aufforderung zur Selbsteinschränkung? Nein, das ist Dankbarkeit nicht. Im Moment bist du in einem Modus, in dem du dich nicht selbst annehmen kannst und dir Liebe und Zuneigung verweigerst. Das entspricht dem Bild eines Gartens, den man nicht gießt: Er verdorrt und wird zur Wüste. Liebe wirkt wie Wasser auf durstende Erde. Die Blumen, dein Ich und deine positiven Eigenschaften entfalten sich und werden zur blühenden Pracht.

Dankbarkeit ist auch ein Stück Verpflichtung. Du musst dich um den Garten, um deine positiven Eigenschaften kümmern und du solltest dankbar sein, dass du sie als Geschenk der Natur mitbekommen hast.

7.11 Deine 10 Selbstlieberegeln im Überblick

Schau dir hier noch einmal alle 10 Regeln an, mit denen du dich selbst lieben lernst. Anfangen kannst du mit verschiedenen Punkten. Such dir dazu einfach eine oder mehrere Regeln aus. Mit der Zeit kannst du alle 10 Punkte in deinen Alltag integrieren und deine Selbstliebe zum Wachsen bringen:

1. Sei, wer du bist – erkenne, dass es um dich geht und dass du etwas für dich ganz allein tust. Das bist du dir wert.
2. Jetzt bist du mal dran: Self-care ist wichtig! Kümmere dich ausgiebig um dich selbst, um deinen Körper, deinen Geist, deine Emotionen. Das bringt dir Gesundheit, gibt dir Kraft und macht dich stark.
3. Schau hin und finde dich schön! Freunde dich mit deinem Spiegelbild an, wo immer du es siehst, und beginne eine Liebesgeschichte mit dir selbst!

4. Achtsamkeitsmeditation zum Aufwachen – folge deinem Atem, wiederhole einen Glaubenssatz oder Reise durch deinen Körper. Meditation fokussiert dein Denken, hilft dir, das Gedankenkarussell zu stoppen, und baut Stress ab. So bekommst du einen klaren Kopf und kommst mit dir selbst ins Reine.
5. Iss dich glücklich! Mach Ernährung nicht zum Problem, sondern erlebe neue Geschmackserlebnisse mit Lucky Food und gemeinsamem Kochen. Entdecke das Thema Ernährung von der lustvollen Seite und dein Wohlfühlgewicht gleich mit dazu!
6. Das gönne ich mir: Massagen, Wellness & Co – lass dich nach Schule und Büro verwöhnen. Lerne die Vorzüge eines Spas kennen, schwelge in Düften, genieße entspannende Anwendungen und definiere dein Verhältnis zu deinem Körper neu. Das fühlt sich gut an, oder?
7. Ein Mantra für die Seele – stell einfach neue Glaubenssätze auf, fasse sie eins nach dem anderen als Mantra zusammen und wiederhole sie, wo immer du möchtest. Damit verändern sich deine Leitsätze und du schaffst mit positivem Denken die Grundlagen für Eigenakzeptanz und Selbstliebe.
8. Was magst du an dir? Entdecke deine positiven Eigenschaften, Fähigkeiten und Schönheiten Schritt für Schritt. Damit lässt du negative Bewertungen und Einschätzungen hinter dir.
9. Positiv denken statt kritisieren – lass nicht zu, dass andere dein Denken bestimmen und befreie dich von deiner andauernden Selbstkritik. Betone die positiven Seiten und lobe dich selbst für deine Ergebnisse und vor allem auch für das, was du schon bist.
10. Sei dankbar! Empfinde deinen Körper, deinen Geist und deine Gefühle als Geschenke, die du pflegen und zur Blüte bringen kannst.

Kapitel 8

Selbstliebe für dich

8.1 Selbstliebe psychisch

Die meisten Menschen haben die Erfahrung gemacht, dass sie etwas leisten müssen, um geliebt zu werden. Liebe wurde in ihrer Kindheit an Bedingungen geknüpft. Sie haben sich als ohnmächtig erlebt, als ungeliebt, als nicht liebenswert. Diese Erfahrungen verdichten sich zu einem eigenen Anspruchsdenken:

- Wenn ich so bin, werde ich geliebt.
- Wenn ich nicht so bin, werde ich abgelehnt.

Als Kind ist diese Annahme oder Ablehnung existenziell. Sie wird mit Wärme, Nahrung, körperlichem und psychischem Wohlergehen gleichgesetzt.

Daher stammt der Reflex, nicht nach sich selbst zu schauen, sondern nach den Erwartungshaltungen der anderen. So kommt es, dass das eigene Ich als inkompetent und negativ gesetzt wird: Es ist nicht gut genug.

Später wird ein Idealbild aufgebaut, an dem man sich orientiert, dass man jedoch nie erreicht, weil man sich selbst für wenig wert hält. Dieser geschlossene Kreis ist schwer zu durchbrechen. Wenn du dich selbst in diesen Beschreibungen wiederfindest, solltest du aktiv werden. Von außen lässt sich dieses Grundproblem nicht lösen. Du musst zu demjenigen werden, der Liebe spendet und Liebe annimmt.

Indem du den Prozess rational erkannt hast, der dazu geführt hat, dass du dich nicht liebst, bist du bereits auf dem Weg der Veränderung. Du hast angefangen, dich mit deinem Grundproblem zu beschäftigen. Du musst lernen, dich so zu akzeptieren und zu lieben, wie du bist. Mit den 10 Selbstlieberegeln kannst du Liebe „trainieren" und positive Erfahrungen mit dir selbst sammeln.

Im Umgang mit dir selbst solltest du so achtsam sein, wie du es auch mit anderen bist. Statt permanenter Kritik brauchst du Ermunterung und liebevolle Unterstützung. Verwehre dir diese nicht länger. Lerne dich kennen und werde zu deiner besten Freundin.

8.2 Ich finde mich einfach schrecklich!

Das dauernde Kritisieren und Ablehnen bindet Energien und schwächt dich. Zwei Richtungen sind damit verbunden.

Zum einen ist es der Hilferuf nach außen: „Ich kann das nicht! Jemand soll mir das abnehmen! Ich schaffe das nicht, weil ich nicht gut genug bin!".

Zum anderen ist es die Begrenzung und das Zurückweisen des eigenen Ichs: „Du kannst das nicht! Jemand muss dir das abnehmen! Du schaffst das nicht, weil du nicht gut genug bist!"

Wie gehst du damit um und änderst das Verhältnis zu dir selbst? Indem du dich zu dir selbst wie zu einer guten Freundin verhältst. Erkenne deine Bedürfnisse und gib ihnen nach. Verbring Zeit mit dir selbst. Tröste und ermuntere dich. Statt Kritik brauchst du Ansporn und Motivation.

Pauschale Ablehnung würdest du im Freundeskreis, in der Schule und im Job nicht zulassen. Warum gehst du dann so mit dir selbst um? Werde zu deinem eigenen Personal-Coach und setz dich für dich selber ein.

Selbstfürsorge ist wichtig. Hast du das Kümmern-um-dich-Selbst als Routine in deinem Alltag etabliert, kommen solche Gedanken wie eine vollkommene Ablehnung nicht mehr vor. Sie verschwinden tatsächlich, wenn du dich selbst ernst nimmst, pflegst und verwöhnst.

Du kannst mit einer Kleinigkeit beginnen. Das kann ruhig eine Äußerlichkeit sein: Such dir eine bestimmte Handcreme. Nimm nicht die billigste oder die gerade angesagteste, sondern lass dich wirklich beraten und stelle deine Bedürfnisse in den Mittelpunkt.

Nimm dir dafür Zeit und lauf nicht in den erstbesten Laden. Geh ruhig einmal zum Dermatologen oder zu einer zertifizierten Kosmetikerin. Und dann triff deine Wahl und nutze das Produkt regelmäßig.

Du lernst bei diesem Prozess mehrere Dinge für dich selbst:

- Dein gesunder Körper ist wichtig. Aufgesprungene Hände sind deprimierend. Du kannst das ändern und dir selbst helfen.
- Das Erstbeste musst du nicht nehmen. Dazu bist du zu wichtig.
- Werbung und Angesagtes entsprechen nicht unbedingt medizinischen Erfordernissen. Deine Gesundheit ist mehr wert und sollte mit Profis besprochen werden.
- Konsum sollte nicht über dich bestimmen, sondern du entscheidest selbst, was du brauchst und was dir guttut.
- Werde selbst zum aktiven Entscheider und bleibe kein Objekt.

8.3 Den inneren Kritiker überwinden

Der innere Kritiker kann sehr stark sein. Du selbst hältst dich für besonders fähig, wenn du hart mit dir ins Gericht gehst. Dabei ist diese Art des Umgangs mit sich selbst in keiner Weise förderlich. Du kennst das aus der Schule: In Fächern, in denen Lehrer nur kritisieren und Schüler abwertend behandeln, werden die Leistungen oft schlechter statt besser. In einer Firma, in der immer nur Kritik geübt wird, sinkt die Motivation.

Das Schlechtreden von Leistungen und das Abstempeln als Versager führt oft erst zum Versagen. Das solltest du nicht weiter zulassen. Bring deinen inneren Kritiker zum Schweigen. Beobachte deine Gedanken und betreibe eine Art Gedankenhygiene. Genauso wie du schmutzige Hände wäschst, kannst du gegen schädigende Gedanken vorgehen.

Stoppe sie einfach und gehe mit dir selbst genauso um, wie du es mit deiner besten Freundin in dieser Situation tun würdest:

- Verteidige dich gegen dich selbst und bau dich auf. Darauf sollte dein Augenmerk liegen und nicht auf dem Negativen.

8.4 Die Stimme aus dem Off

Im Hintergrund sammeln sich die Stimmen der Vergangenheit. Da sind die Eltern mit ihren Forderungen, da sind unschöne Schulerfahrungen, da sind weitere negative Erlebnisse, die zu einem Chor werden. Wie in einer unaufgeräumten Zimmerecke kommen immer mehr deprimierende Ereignisse hinzu.

In einem Zimmer würdest du für Ordnung sorgen. Warum tust du das nicht auch in deinem psychischen Innenraum? Du weißt jetzt, dass dir diese Stimmen der Vergangenheit und dein innerer Kritiker nichts Gutes tun. Du weißt, dass sich die begrenzen und daran hindern, glücklich mit dir selbst zu sein, es gibt also keinen Grund, den Chor der negativen Stimmen zu erweitern.

Dazu musst du allerdings aktiv werden und Mitglieder für einen anderen Chor finden, den der Selbstliebe und der positiven Gefühle.

Dabei geht es nicht um Verdrängung. Du verstehst etwas in der Schule nicht? Du hast Ärger im Job? Du sollst dir die Realität nicht schönreden, doch die Art, wie du an sie herantrittst:

- Schaust du nach Lösungen oder hörst du auf die negative Stimme aus dem Off, die dir sagt, dass du ohnehin nichts kannst?
- Im Moment hörst du vermutlich noch auf den negativen Chor. Ein positiver Ansatz wäre lösungsorientiert und wertfrei zu denken.

Akzeptiere die Situation, schaue auf deine Stärken und schau dich nach Möglichkeiten zur positiven Veränderung um und dann handle!

- Das Ergebnis wird dich verblüffen. Du hast tatsächlich bessere Chancen und fühlst dich insgesamt wohler mit dir.

8.5 Kann man Selbstliebe lernen?

Schraub deine Erwartungen herunter und bleib realistisch dir selbst gegenüber. Wenn du dich immer mit Vollkommenem vergleichst, wirst du scheitern und dich stets auch als unvollkommen empfinden. Kein Mensch ist rundum vollkommen. Jeder hat Seiten, die nicht zu einhundert Prozent geradestehen. Darauf kommt es auch gar nicht an.

Es geht zunächst darum, mit sich selbst eins zu werden und sich selbst als Ganzes ohne Vorbehalte anzunehmen.

Selbstliebe lässt sich erlernen. Auch wer in seiner Kindheit nicht das an Zuneigung, Liebe und Wärme bekommen hat, was er brauchte, kann lernen, sich selbst anzunehmen, sich zu lieben und ein glückliches Leben zu führen. Die Erkenntnis, die Annahme und die Versöhnung mit der eigenen Geschichte sind Voraussetzungen für die ersten Schritte zu dir selbst. Die Vergangenheit kannst du nicht ändern, die Zukunft schon. Dazu musst du in der Gegenwart etwas tun.

Hast du dich mit dem Geschehenen ausgesöhnt, kannst du neu anfangen. Du solltest Vorwürfe hinter dir lassen. Sie können jetzt nichts mehr bewirken. Gefühle wie Wut und Trauer wirst du durchleben, doch sie dürfen nicht Überhand gewinnen. Wichtig ist der Fokus auf das Hier und Jetzt und deine Zukunft.

Die Strukturen unserer Psyche lassen sich tatsächlich verändern. Dabei hilfst du dir, wenn du aufhörst, dich selbst zu bekämpfen, und anfängst gut zu dir zu sein und dich selbst wertzuschätzen. Ein wichtiger Aspekt sind die Belohnung und die Freude an dir selbst.

Verwechsle Belohnung nicht mit Liebe gegen Leistung, sondern sieh eine Belohnung als das an, was sie ist – eine kleine Feier eines Erfolgs.

Oft neigen wir dazu, unsere eigenen Erfolge herunterzuspielen, während wir das Scheitern betonen und dem Misserfolg viel Raum und Aufmerksamkeit geben. Genau diese Sichtweise solltest du umdrehen: Feiere mit dir deinen Erfolg. Koch dir etwas besonders Schönes oder mach dir ein Geschenk. Du bist es wert, gelobt zu werden! Und nimm dir außerdem jeden Tag Zeit, dir zu zeigen, dass du dich einfach so magst, dass es schön ist, dass es dich gibt!

8.6 Akzeptiere dich und handle mit Respekt!

Respekt ist ein großes Wort. Du findest es überall in der Kommunikation. Es wird in der Schule gefordert. Es spielt im Job eine Rolle. Im Freundeskreis äußerst du Kritik mit Respekt.

Neuen Bekannten trittst du mit Respekt entgegen. Dir selbst gegenüber scheint das nicht zu gelten. Es ist nicht respektvoll, sich ständig selbst zurückzunehmen und das eigene Ich einzuschränken. Es ist auch nicht respektvoll, den eigenen Körper permanent negativ zu setzen.

Was anfangs von außen kam und nicht unbedingt auf dein Aussehen bezogen wurde, hat sich verselbstständigt. Zeitweilig war es vielleicht sogar herausfordernd gemeint. Du fändest dich gar nicht so unansehnlich, wolltest aber von anderen hören, wie schön du bist. Blieb das Echo aus, hast du das gleich doppelt negativ verbucht.

Du kennst es bestimmt vom schlechten Nachreden, etwas bleibt immer hängen. Genau das passiert, wenn du schlecht über dich selbst sprichst: Etwas bleibt immer hängen. Darum wird „üble Nachrede" sogar gesetzlich verfolgt. Nur deine innere Stimme kannst du nicht anzeigen, doch du kannst aufhören, sie mit Argumenten zu füttern.

Akzeptiere dich vorbehaltlos als Mensch und als junge Frau. Du bist liebenswert und einzigartig, nun beginne, dir selbst mit Respekt zu begegnen. Du willst etwas ändern? Dann unterstütze dich dabei und demontiere dich nicht länger. Notier dir deine Ziele und coache dich selbst, indem du dich positiv aufbaust!

8.7 Vom Warten auf andere

Viele junge Frauen fühlen sich allein und isoliert. Das kann unterschiedliche Gründe haben. In der Regel kann man etwas dagegen tun. Eine Variante der Eigenisolation ist das Warten. Man verbietet sich selbst, hinauszugehen, die anderen sollen zu einem kommen und einen mitnehmen. Man startet keine Eigeninitiative, weil man auf die anderen wartet. Man möchte dabei sein.

Lehnt einen eine Gruppe ab, werden die Ursachen im Äußeren und in einem selbst gesucht. Dabei geht es jedoch nicht um Lösungen oder um Aktivität, sondern um Anklagen, Ablehnungen und Eingrenzungen. Niemand möchte mit einem zusammen sein.

Empfindest du ähnlich? Dann tröste dich zunächst selbst und nimm die Situation als solche an. Bist du wirklich ganz allein oder redest du dir das auch ein Stück weit ein? Bist du tatsächlich ein Außenseiter oder ziehst du dich zu oft selbst zurück? Nach dem Trauern stehen diese Überlegungen an. Es gibt Menschen, denen es schwerer fällt, auf andere zuzugehen und Kontakte zu knüpfen. Anderen fällt es leichter. Das kann mit der Sozialisation zusammenhängen. In jedem Fall lässt sich etwas dagegen tun.

Wichtig ist, dass du dich nicht selbst als Anhängsel betrachtest, sondern deinen Wert erkennst. Du bist nicht erst etwas durch die anderen, sondern du hast deine Qualitäten ganz für dich allein und unabhängig von allen. Das müssen dir andere auch nicht sagen, die Bestätigung sollte von dir selbst kommen.

In deiner Klasse findest du nicht den Anschluss, den du dir wünschst? Auf der Arbeit hast du keine Freunde?

Zunächst solltest du dich fragen, wie wichtig dir der Anschluss in der Klasse oder die Freunde in der Firma wirklich sind. Dann kannst du an deinen Sozialkontakten arbeiten.

Geh mit den anderen zusammen zur Pause. Schließ dich bei Gruppenaktivitäten nicht selbst aus. Mach auch einmal einen Vorschlag. Wenn es in Schule und Job nicht klappt, geh deinen Interessen nach. Du nähst gerne? Ein Nähkurs ist perfekt fürs Kennenlernen anderer. Du machst Musik? Kleine witzige und spannende Projekte, zumindest einen Chor gibt es überall!

8.8 Sich selbst beschenken

Nimm dich selbst in den Arm und mach dir ein Geschenk, wenn du dich glücklich fühlst und etwas erreicht hast. Beschenk dich erst recht, wenn es einmal nicht so gut läuft. Das Zauberwort heißt innere Zufriedenheit.

Das klingt nach Stillstand? Darum geht es nicht, es geht um das Gefühl des Mit-sich-einverstanden-seins. Aus dieser inneren Ausgeglichenheit erwachsen Kraft und Stärke, Mut und die Freude am Leben.

Überleg einmal, wie du das, was du für andere tust, auf dich übertragen kannst. Kleine Überraschungen bringst du anderen mit, doch warum überraschst du nicht einmal dich selbst? Der Effekt ist zwar ein anderer, doch die Freude über ein neues Parfum, ein Tuch oder ein Buch kann ebenso groß sein und du verstärkst Gefühle der Selbstannahme. Du kannst dazu einen besonderen Anlass nutzen oder sogar eine Regelmäßigkeit einführen: Einmal im Monat machst du dir ein Geschenk. Plane das gleich mit ein, wenn du dein monatliches Budget aufteilst.

Dir kommt das komisch vor und du bezweifelst den Effekt? Probiere es einmal aus. Gib dir Mühe mit dir selbst. Hast du einen besonderen Wunsch? Dann zieh los und erfülle ihn dir! Das kann auch eine Konzertkarte sein oder vielleicht möchtest du einmal etwas Ungewöhnliches ausprobieren? Besonders Dinge, die man noch nie gemacht hat, können einen enorm begeistern und verändern.

Der Effekt tritt durch das Ungewohnte ein. Du brauchst dazu etwas Mut und musst dich ein klein wenig überwinden, doch genau diese Emotionen führen dazu, dass du automatisch stolz auf dich bist. Dieses Gefühl stärkt dein Selbstbewusstsein. Du zeigst dir selbst, was alles in dir steckt und wie stolz du auf dich sein kannst. Damit schaffst du neue Strukturen in deinem Denken und Empfinden. An die nächste Herausforderung gehst du schon viel selbstverständlicher heran, weil du dir selbst mehr vertraust.

8.9 Verwöhne dich mal

Psyche und Körper bilden eine Einheit. Psychische Vorgänge sind auf physische bezogen und entstehen aus ihnen. Ebenso ist es mit physischen Vorgängen, die die Psyche beeinflussen. Darum solltest du auf deinen Körper und auf deine Psyche achten und dir immer mal wieder etwas Besonderes gönnen.

Für deine Freunde hast du bestimmt schon gekocht, den Tisch gedeckt und einen wunderbaren Abend vorbereitet. Du kannst das auch für dich tun. Der Aufwand ist dir zu groß? Genau dieses Signal solltest du nicht senden, denn du bist einen großen Aufwand wert. Also probiere einmal ein außergewöhnliches Gericht für dich selbst aus.

Mit deinem Partner gehst du essen, doch allein würdest du niemals ein teures Restaurant betreten? Warum? Ist nur dein Partner wichtig? Was ist mit dir selbst?

Ebenso ist es mit Spa, Wellness, einem Tag im Park, einer kleinen Auszeit in einer anderen Stadt. Zeig dir selbst, wie wichtig du dir bist. Ein Ausflug nach Paris, ein Wellnesstag in einem exklusiven Bad oder ein Besuch in einer Ausstellung mit anschließendem Kaffeetrinken - verwöhne dich und tu die Dinge, die dir Spaß machen.

Äußerlich fühlst du dich einfach wohl. Innerlich passiert dabei Folgendes:

- Du nimmst dich selber an.
- Du akzeptierst deine Wünsche und Bedürfnisse.

- Du erfüllst dir deine Wünsche.
- Du verwöhnst dich und streichelst deine Seele.
- Dadurch werden Glückshormone freigesetzt, die dir guttun und Stress abbauen.
- Du erfährst Wertschätzung und speicherst diese als positives Gefühl ab.
- Du lernst, dass es gut ist, für sich selbst zu sorgen.
- Du entwickelst Selbstachtung und Selbstbewusstsein.

Durch diese Stärkung des eigenen Ichs entwickeln sich auch deine psychischen Widerstandskräfte. Versucht jemand, dich herunterzuziehen, kannst du das leichter abwehren, denn dein Körper und deine Psyche haben erfasst und gespeichert, dass sie wichtig und liebenswert sind.

8.10 Selbstliebe schrittweise trainieren

Sofort wird sich der Erfolg nicht einstellen. Selbstliebe erwirbst du in einem Prozess. Die Dauer des Trainings ist individuell unterschiedlich. Jeder Mensch hat seine Geschichte und eine spezielle Art, mit ihr umzugehen. Dem einen fällt es leicht, etwas Neues zu versuchen, dem anderen ein wenig schwerer.

Wenn du kannst, hol dir Unterstützung aus deiner Umgebung. Viele Komplimente hörst du wahrscheinlich gar nicht oder wehrst sie ab. Damit stößt du andere unbewusst vor den Kopf. Versuch, offener und achtsamer auf deine Umgebung einzugehen.

Das Tolle ist, dass sich das menschliche Gehirn tatsächlich beeinflussen lässt. Du hast gute Chancen, ein selbstbewusster, sich selbst liebender Mensch zu werden.

Dafür kannst du dir dein Programm individuell zusammenstellen und es genau deiner momentanen Situation anpassen. Du kannst mit einem Punkt, der dir leicht umsetzbar erscheint, beginnen.

Wichtig ist vor allem, dass du überhaupt anfängst, dich mit dir selbst in positiver Richtung zu beschäftigen, dass du beginnst, dich zu mögen.

Die Reihenfolge der 10 Selbstlieberegeln kannst du verändern. Ziehe zwischendurch immer einmal schriftlich Bilanz und frage dich: Wie fühle ich mich? Was habe ich erreicht? Das hilft dir, wie bei einem Projekt, Motivation aufzubauen. Gedanken unterstützen dich oder hindern dich an deiner Entwicklung. Versuche also zunächst, dein Denken positiv zu beeinflussen, und vermeide sinnloses Grübeln, Selbstvorwürfe und Zweifel. Mach dir nicht so viele Sorgen, sondern beginne, dich im Hier und Jetzt zu erleben.

Wenn du beginnst, echtes Interesse für dich zu entwickeln, lernst du dich ganz neu kennen und entdeckst viele neue Seiten an dir. Das macht es dir leicht, dich selbst zu lieben. Beginne vor allem mit einem: Begegne dir respektvoll! Das ist der Anfang zu einer lebenslangen Freundschaft mit dir selbst.

Kapitel 9

Liebe deinen weiblichen Körper

9.1 Selbstliebe physisch: Wellness & Wohlfühlen

Vielleicht ist es dir schon aufgefallen, wer sich nicht wohlfühlt, lässt sich schnell gehen und vernachlässigt sich. Auch hier zeigt sich wieder der Zusammenhang zwischen Psyche und Körper. Unbehagen, Müdigkeit und das bekannte Sich-hängen-Lassen sind tatsächlich zu beobachten. Ein psychisches Problem wird nicht gelöst und zieht einen buchstäblich herunter.

In einer Krise ist es nicht leicht, den Kopf oben zu behalten, Haltung zu bewahren, insgesamt auf sich zu achten. Droht aus der akuten Situation ein Dauerzustand zu werden, muss man etwas tun.

Bewegung und Pflege des eigenen Körpers wirken sich positiv und stabilisierend auf die Psyche aus. Wellness bedeutet übersetzt Wohlbefinden. Damit ist nicht nur die rein körperliche Entspannung gemeint, sondern auch die psychische Wirkung von Wasser, Wärme und Massagen. Lösen sich die Spannungen in der Nackenregion unter den erfahrenen Händen einer Massierenden, spürst du auch, wie du dich psychisch entspannst.

Um dich wirklich wohlzufühlen, solltest du lernen, dich auch körperlich voll und ganz zu akzeptieren. Versuche nicht, irgendeinem Idealbild nachzueifern oder Vorgaben zu erfüllen, sondern nimm dich so an wie du bist. Wichtig ist, dass du auf deinen Körper und deine Gesundheit achtest. Ernähre dich möglichst gesund, achte auf Vitalstoffe und Vitamine, bewege dich ausreichend und finde dein persönliches Wohlfühlgewicht.

Versuche jeden Tag ein paar Stunden im Freien zu verbringen. Geh im Stadtpark spazieren oder setz dich auf den Balkon. Frische Luft ist gesund und tut Haut, Haaren und Kreislauf gut.

Nimm dir Zeit für dich. Dein Körper ist es wert, dass du dich ausgiebig um ihn kümmerst.

Dabei wirst du die entspannende Seite der Körperpflege kennenlernen und kannst dich nach und nach mit den Kosmetikprodukten beschenken, die du wirklich brauchst, die deinen Bedürfnissen entsprechen und die dir wirklich gefallen.

9.2 Den eigenen Körper entdecken

Schönheit ist individuell, sie wird nicht von Insta & Co. bestimmt. Schönheit war immer eine Konstruktion. Im Laufe der Jahrhunderte wechselte das Schönheitsideal. Seit dem Ende des 20. Jahrhunderts bestimmen immer mehr Frauen selbst, wie sie sich kleiden und was sie schön finden. Dabei haben sie es oft nicht leicht und schwimmen immer noch gegen den Strom der großen Masse an Werbung.

Gerade junge Frauen finden es schwierig, sich zu orientieren. Sie wollen angenommen werden und gefallen. Die sozialen Medien spielen eine große Rolle, denn mit ihren Likes und Emojis üben sie einen direkten Einfluss auf unsere Psyche aus. Unsere Online-Aktivitäten werden erfasst, nach unserem Profil erhalten wir ausgesuchte Informationen und Werbung.

Da kann es leicht passieren, dass man in einen Sog aus Selbstzweifeln gerät und meint, alles an sich ändern zu müssen.

Jeder Körper hat seine eigene Schönheit. Das kannst du beobachten, wenn du dir Schauspieler anschaust, die nicht ganz der Norm entsprechen, die zu klein, zu dick oder zu dünn sind: Es kommt auf die Ausstrahlung an. Bist du mit dir im Einklang und von dir selbst überzeugt, trittst du völlig anders auf.

Den eigenen Körper entdeckst du im Spiegel, in der Bewegung, bei der Pflege und in der Sexualität. Du magst dich nicht anschauen? Das solltest du ändern. Junge Frauen, die Sport treiben, entdecken sich in der Bewegung. Das Zusammenspiel der Muskeln und Sehnen wird als angenehm empfunden. Die Ausschüttung von Glückshormonen führt dazu, dass du dich frei und klar fühlst. Aus diesem Erleben heraus kannst du dich mit deinem Körper anfreunden. Beim Laufen, Schwimmen und Springen erlebst du deinen Körper intensiv.

Bei der Pflege erfährst du Veränderungen, die in der Pubertät auftreten, zunächst als befremdlich und beunruhigend. Später freundest du dich mit deinen Rundungen an oder genießt das Zurückgenommene. Dein Körper gehört mit all seinen Reaktionen zu dir.

9.3 Das Tantra des Ichs

Gerade junge Frauen erleben sich oft als eingeschlossen in einen ungeliebten Körper. Sie können die Verbindung zu sich nicht herstellen und leiden an Zweifeln, Angst und Selbsthass. Um sich zu empfinden, muss man sich positiv begegnen wollen. Tantra ist ein Weg, um sich selbst zu entdecken, seinen Emotionen und Gefühlen zu trauen und Berührung zuzulassen.

Der Begriff Tantra stammt aus dem Sanskrit und bedeutet übersetzt so viel wie „Zusammenhang". Er umschreibt genau jene Einheit von Körper und Psyche und die gegenseitige Beeinflussung der beiden Teile deines Wesens. Die Verbindung von Sinnlichkeit und spirituellem Glauben musst du für dich nicht nachvollziehen, doch die Ganzheitlichkeit hast du bereits erlebt. Du hast erfahren, wie psychische Belastungen zu Verspannungen führen und wie umgekehrt sportliche Bewegung positive Gefühle weckt.

Ebenso ist die sexuelle Empfindung einzuordnen. Das Entdecken der eigenen Sexualität ist mit vielen Herausforderungen verbunden. Manche haben negative Muster aus der Kindheit mitbekommen, andere schränken sich selbst ein.

Du solltest dir positive Gefühle gestatten und dir erlauben, deinen Körper und deine Sinnlichkeit kennenzulernen.

Dabei spielen Selbsteinschätzung und die Wertung des eigenen Körpers eine große Rolle. Siehst du dich selbst eher negativ, hast du ein gespaltenes Verhältnis zu deinem Äußeren, wirst du Schwierigkeiten haben, eine erfüllte Sexualität zu leben.

Sexualität beginnt wie so vieles im Kopf. Im Tantra wird dieser Zusammenhang deutlich. Die Befreiung von Wertungen als Abwertung ist ein wesentlicher Schritt.

Sexualität ist ein sensibles Thema. Du solltest dich hier nicht in Abhängigkeit von anderen begeben, sondern dich selbst ins Zentrum stellen. Gehören nicht immer zwei dazu? Nicht unbedingt: Die Beschäftigung mit deinem Körper und mit deiner Lust sollte nicht vorrangig an andere gekoppelt sein. Beziehungen kommen und gehen. Gerade im Jugendalter wird viel experimentiert. Eine Beziehung hält oft nur ein paar Monate und Trennungen machen einem zu schaffen. Oft sind sie mit Vorwürfen, nicht selten mit Beleidigungen verknüpft. Im Streit geht es auch um Körperliches.

Wer hier sensibel ist und alles direkt auf sich selbst bezieht, der ist schnell verletzt. Wer ohnehin ein schlechtes Selbstbild hat, fühlt sich bestätigt. Im Körperlichen können sich diese Erfahrungen als Unlust festschreiben, die bis zur Frigidität, zur Empfindungslosigkeit oder sogar zum Schmerz gehen kann. Das solltest du nicht zulassen.

9.4 Sinnlichkeit wagen

Die eigene Gefühlswelt ist vielfältig. Wenn du dir deine Emotionen mit etwas Abstand anschaust, kannst du eine kleine Übersicht erstellen und erkennen, was dich im Moment am meisten bestimmt:

- Glücksgefühle
- Liebesgefühle
- Lustgefühle

- Minderwertigkeitsgefühle
- Neidgefühle
- Schamgefühle
- Schuldgefühle
- Selbstbewusstsein
- Stolz
- verletzte Gefühle

Während Glücksgefühle insgesamt zu einem Hoch führen, das dich beflügelt und dir Kraft gibt, engen dich Minderwertigkeits- und Schamgefühle ein. Wenn du verliebt bist, geht es dir gut, wenn du verletzt bist, fühlst du dich schlecht und traurig.

Die Beschäftigung mit der eigenen Gefühlswelt hilft dir, dich selbst besser zu verstehen. So kannst du dir selbst leichter helfen und dich annehmen. Selbstannahme ist die wichtigste Voraussetzung für eine erfüllte Sexualität. Wenn du dir die Entdeckung deines Körpers wie eine Reise vorstellst, sind die positiven Gefühle, die Kräfte, die dich unterstützen und voranbringen, die negativen Emotionen hemmen dich und lassen dein Schiff nicht losfahren oder bringen es sogar fast zum Kentern.

Den meisten Menschen fällt es schwer, so über sich selbst nachzudenken und die eigenen Emotionen wirklich anzunehmen. Sie gestehen sich nicht ein, dass sie Schuld oder Scham empfinden. Um dich dir selbst zu nähern und dir deine Emotionen deutlich zu machen, kannst du sie farblich markieren. Die hemmenden Emotionen malst du dunkel, die förderlichen Emotionen werden mit positiven Farben gekennzeichnet.

Du kannst einen Kreis zeichnen und halbieren. In den Rand der einen Hälfte notierst du alles Negative, auf die andere Seite die positiven Gefühle. Wähle zunächst zwei Grundfarben wie Grau und Rot. Zeichne nun einen kleineren Kreis und differenziere deine Emotionen in Lust, Liebe, Freude, Stolz und was du noch an Positivem empfindest und in die negativen Regungen wie Neid, Schuld, Verletztheit.

In der Mitte des Kreises steht dein Ich.

So ein Schema kann dir helfen, zu erkennen, was in dir vorgeht und was dich bestimmt. Diese Emotionslagen sind ein Schlüssel zu Selbstachtung und erfüllter Sexualität.

9.5 Die eigene Sexualität erfahren

Selbstbefriedigung ist für viele Mädchen immer noch ein Tabu. Sie schämen sich und haben Vorbehalte. Gleichzeitig erleben sie sich in einer sexualisierten Welt. Die Werbung ist voller Anspielungen, Freizügigkeit wird propagiert, alle scheinen glücklich zu sein.

Wieder ist es der perfekte Körper, der im Mittelpunkt steht.

Einem Trend kann man sich nicht vollständig entziehen. Man nimmt ihn zumindest wahr. Doch statt sich ihm unterzuordnen, sollte man die eigene Individualität im Zentrum sehen. Gerade bezüglich der Sexualität ist das maßgeblich. Hier bestimmt niemand außer dir. Du entscheidest, was du wann und wie möchtest.

Um hier Erfahrungen zu sammeln, solltest du lernen, dich selbst zu lieben, deinen Körper zu entdecken und anzunehmen. Lerne deine Sinnlichkeit kennen und schätzen. Das Spannende ist: Sinnlichkeit erlebst du nicht nur im sexuellen Akt, sondern auch beim Wahrnehmen von Wind und Wetter, beim Genuss des Essens oder in einem entspannenden Bad. Indem du deine Sensibilität für physische Eindrücke anerkennst, akzeptierst und erweiterst, entfaltet sich dein physischer Empfindungsreichtum, entdeckst du deine Weiblichkeit.

Der Hintergrund sind organische und neurologische Abläufe. Glückshormone werden freigesetzt und beeinflussen dein Denken und Empfinden positiv. Sie stärken dein Immunsystem und deine Gesundheit. Du erlebst Sinnlichkeit als etwas Ganzheitliches.

Das erlaubt dir auch deine Sexualität eingebettet in deinen gesamten Empfindungsreichtum zu sehen und sie positiv zu empfinden.

Sinnlichkeit solltest du nicht als einen Reiz für andere sehen, sondern als deine Fähigkeit, dir selbst Lust zu bereiten und dein Leben in all seinen Facetten von der Morgensonne über die erfrischende Dusche bis zum Genuss des Kaffees vor dem Losgehen zu empfinden.

9.6 Selbstentdeckung – Selbstbefreiung

Die Verbindung von Körper und Denken ist bei vielen Frauen unterbrochen. Sie sehen den Körper wie ein Ding an, das außerhalb von ihnen existiert und zudem nicht ihren Vorstellungen entspricht. Sinnlichkeit wird als eine erotische Zutat betrachtet, die anlocken soll. Diese widersprüchlichen Empfindungen gilt es aufzulösen. Zum einen musst du lernen, dass du selbst entscheidend bist, zum anderen musst du die innere Einheit wieder herstellen, wenn du dich als Ganzes mit allen Empfindungen glücklich erleben willst.

Den ersten Schritt zu dir selbst und auch deiner Sexualität kennst du bereits: Hör auf, dich zu bewerten. Wenn du dich bewertest und vergleichst, geht es schon nicht mehr um dich, sondern um die Maßstäbe anderer.

Die meisten Frauen wissen viel zu wenig über die eigene Sexualität. Sie schränken sich selbst und ihr erotisches Potenzial ein, indem sie sich aus der Sicht männlicher Empfindungen sehen. Die prägenden Vorstellungen von Sexualität orientieren sich an der Anatomie des Mannes. Doch Frauen sind eben keine Männer. Solange sie sich an der männlichen Sexualität orientieren, bekommen sie nicht, was sie sich wünschen. Der Zugang zur Intensität ihrer eigenen weiblichen Erotik bleibt ihnen verschlossen.

Wertungen, welche Art von Sex gut oder weniger gut ist, richten sich nach der Vereinigung von Mann und Frau aus. Hinzu kommen moralische Einschränkungen, die kulturell bedingt immer noch massiv wirken und Frauen einschränken.

Während der sexuell aktive Mann an Attraktivität gewinnt, werden sexuell aktive Frauen eher negativ gesehen.

Von diesen Zuschreibungen musst du dich befreien. Es geht weder darum, deine sexuelle Attraktivität Männern gegenüber zu steigern, noch darum, sich selbst etwas zu verbieten; es geht einzig und allein um dich, dein Glück und deine Zufriedenheit mit dir selbst.

9.7 Lust und Liebe

Dein gesamter Körper ist eine erogene Zone, die geliebt werden will. Wenn du dich massierst, spürst du deine Haut und die wohlige Wärme, die sich in dir ausbreitet. Selbstmassage kann ein Anfang sein, um sich mit sich selbst anzufreunden und den eigenen Körper wirklich kennenzulernen.

Während man beim Eincremen oft nur rasch fertig sein möchte, wird der achtsame Umgang mit dem eigenen Körper zum sinnlichen Erlebnis. Du spürst deine Haut, das Weiche, Nachgiebige und das Feste deiner Arme, Hände, von Brüsten, Bauch, Po und Beinen bis zu den Füßen. Nimm dir Zeit, um dich ausgiebig einzucremen und zu verwöhnen. Du kannst dazu eine einfache Pflegecreme, eine Lotion oder ein Öl nutzen. Geh auf Erkundungstour und lerne dich von Kopf bis Fuß kennen.

Möchtest du dich sexuell erleben, befreie dich von jedem Druck. Leistung hat nichts mit Sinnlichkeit zu tun. Du solltest dich nicht an vorgegebene Vorstellungen klammern, sondern deiner eigenen Erlebnisfähigkeit vertrauen. Nimm dir Zeit für sexuelle Erlebnisreisen. Konzentriere dich dabei nicht nur auf deine Brüste und Genitalien, sondern auf deinen gesamten Körper. Wichtig ist vor allem auch, dass du Ruhe hast und völlig ungestört bist.

Entdecke die Schönheit deiner Brüste. Für deine Empfindungen spielt die Körbchengröße keine Rolle. Lass dich einfach fallen und gib dich deinen Eindrücken hin. Entdecke die Sensibilität deiner Genitalien von ihrer äußeren Form bis zum Inneren.

Alles ist erlaubt, was dir gefällt. Viele Frauen schätzen die Stimulation der Klitoris weit mehr als das Eindringen in die Scheide. Der klitoral ausgelöste Orgasmus wird von ihnen bevorzugt erlebt.

Die Abwertung gegenüber dem vaginalen, durch das Eindringen in die Scheide ausgelösten Orgasmus solltest du nicht hinnehmen. Entscheide selbst, was dich erregt und was du als angenehm empfindest.

9.8 Natürlich schön

Mit gutem Sex vertiefst du die Beziehung zu dir selbst. Du stellst die Verbindung zwischen Kopf und Körper her und erlebst dich als Ganzes. Das kann im Rausch und in der Hingabe sein, in der intensiven Erfahrung der Berührung oder einfach in angenehmen Empfindungen, wenn du dich selbst streichelst.

Mit diesen Berührungen löst du positive und gesunde Prozesse im Körper aus. Du sorgst für den Abbau von Stress, du regst deinen Kreislauf an, du förderst deine Kreativität und gewinnst an Energie. Das alles passiert unbewusst, doch es äußert sich in einem wachsenden Selbstbewusstsein: Du kommst bei dir an und fühlst dich mit dir selbst wohl.

Die praktische Umsetzung positiver Fantasien trägt zu deinem inneren Wachstum bei. Die Annahme des eigenen Körpers wird dir schrittweise gelingen, wenn du erkennst, welches Potenzial du hast. Lass dich dabei nicht von Zeitschriften, Filmen oder der Werbung leiten. Der hier aufgebaute Leistungsdruck, die Ausrichtung auf andere und die enthaltenen Wertungen halten dich nur davon ab, dich selbst zu entdecken und bauen neue Barrieren auf. Das solltest du nicht zulassen.

Das Verständnis für die kulturellen Hintergründe, für die Stellung der Sexualität in der Gesellschaft und speziell die Darstellung der Frau als sexuelles Wesen geben dir die Möglichkeit, zu verstehen, woher bestimmte Vorstellungen, die sich selbst einengen kommen.

Durch Erziehung und Erfahrung hast du diese Rollenmuster angenommen, doch du kannst sie auch ablegen und gleichzeitig praktisch widerlegen.

Die natürliche Schönheit deines Körpers und der Reichtum deiner Empfindungswelt können durch eine erfüllte Sexualität gewinnen. Da alles miteinander verbunden ist, hilft dir die Akzeptanz deines Körpers dabei, dich sexuell zu entdecken und deine Emotionen zuzulassen.

9.9 Vom aufrechten Gang

Du hast bereits gelernt, dass innere Verfassung und dein Auftreten in Verbindung stehen. Emotionale Stimmungen äußern sich in unserer Körperhaltung: Ist jemand traurig, kann man die in sich zusammengesunkene Körperhaltung sehen. Steht jemand innerlich unter Strom, wirkt er nervös oder aufgedreht. Ist jemand glücklich und eins mit sich selbst, sieht man das ebenfalls. Indem du deinen Körper kennen und lieben lernst, schaffst du die Voraussetzungen für eine gesunde, aufgerichtete Körperhaltung, von der Klarheit ausgeht.

Deine innere Balance spiegelt sich in der Körperhaltung und strahlt auch wieder zurück auf dein Ich. Die Ausgeglichenheit erhältst du dir durch den achtsamen Umgang mit deinem Körper, deiner Sexualität, deinem Ich. Indem du dich selbst wertschätzt, dir selbst Liebe schenkst, dich verwöhnst, entwickelt sich dein Selbstbewusstsein. Du gewinnst innerlich an Kraft. Unterstützen kannst du diesen Prozess durch Yogaübungen.

Der ganzheitliche Ansatz der Übungen folgt dem gleichen Prinzip, wie es deiner Sexualität zugrunde liegt: Der gesamte Körper wird zusammen mit deinem Denken und Fühlen einbezogen. Im Zentrum stehst du selbst. Durch die Konzentration und die geführte Bewegung entdeckst du dich und findest deine Mitte. Dabei passiert Folgendes:

- Körperwahrnehmung und Koordination werden geschult.
- Deine Muskeln werden geformt.

- Dein Körperzentrum wird von dir wahrgenommen, stabilisiert und gekräftigt.
- Die Wirbelsäule richtet sich auf.

Diese Aufrichtung erlebst du nachhaltig im bewussten Gang. Du fühlst dich wohl, dein Selbstbewusstsein wächst und deine Außendarstellung verändert sich. Dadurch ändern sich die Reaktionen deiner Umwelt. Dein Leben insgesamt wird leichter, weil du es mit mehr Energie und Kraft angehst.

9.10 Stärke entdecken und zeigen

Die Liebe zu deinem eigenen Körper kann eine wichtige Kraftquelle werden. Wenn du lernst, dich selbst zu akzeptieren, entdeckst du deine Schönheit. Du hast die Wahl und kannst dich für dich selbst entscheiden. Du solltest dir dabei kein Bild von dir machen. Diese Muster sind von Medien, Erziehung und Werbung belastet. Du solltest dich vorbehaltlos anerkennen und lieben. Dazu kannst du dich wortlos physisch verwöhnen, dir selbst jeden Tag ein Kompliment aussprechen und dir immer mal wieder ein Geschenk machen.

Indem du um dich selbst zu werben beginnst, verändern sich deine Gewohnheiten. War deine Routine im Bad bisher vor allem auf den Zeitfaktor ausgerichtet, so definierst du Effizienz für dich jetzt einfach neu, indem du dein körperliches Wohlbefinden in den Mittelpunkt stellst. Creme dich sorgfältig und achtsam ein. Gib dich dem Duft deiner Lotion oder deines Pflegeöls hin und atme tief durch, wenn du deine Glieder massierst. Du kannst dir damit jeden Tag eine Viertelstunde Wellness gönnen.

Lerne deinen Körper im Bett kennen und entdecke deine Lustzentren. Ein Orgasmus regt den Kreislauf an, stärkt das Immunsystem, wirkt sich positiv auf deine Stimmung und dein Denken aus und verbraucht Kalorien. Die vitalisierenden Folgen erkennst du an deinen geröteten Wangen und deinem Lächeln im Gesicht. Die Fröhlichkeit ist nicht nur hormonbedingt, sondern entsteht auch aus der inneren Zufriedenheit. Diese ist das Resultat deiner Verbindung mit dir selbst.

Körper und Geist bilden wieder eine Einheit, die sich in Körperhaltung und Stärke zeigt. So schön und wirkungsvoll kann Selbstliebe sein!

Kapitel 10

Die Vereinbarung mir dir selbst

10.1 Sei dein eigener Coach

In den vergangenen Kapiteln hast du viel über Selbstliebe gelernt und vielleicht auch schon ausprobiert. Dabei konntest du feststellen, wie wichtig du selbst für dich bist und welche Bedeutung deine eigene Haltung zu dir selbst hat. Das solltest du nicht aufgeben, indem du wieder andere für dich, deine Emotionen, deine Gedanken und dein Leben verantwortlich machst. Selfcoaching ist eine wichtige Grundlage, wenn du selbst dafür sorgen möchtest, dass es dir gut geht.

Selfcoaching hat viele Vorteile:

1. Du fokussierst dich auf dich, du nimmst dich selbst wichtig und machst dich nicht abhängig von der Meinung anderer.
2. Selbst-Coaching ist effizient: Du arbeitest an und mit dir und bekommst gleichzeitig mehr Selbstbewusstsein.
3. Du kennst dich selbst am besten und kannst am besten mit deinem Leben und den auftretenden Herausforderungen umgehen.
4. Du definierst deine Ziele selbst. Das steigert deine Kompetenz und auch dein Selbstwertgefühl.
5. Du bestimmst allein die Schritte und Meilensteine, die dich zu deinem Ziel führen. Es gibt immer viele Möglichkeiten und Wege. Du wirst am besten wissen, ob du mit Körperarbeit, dem Anfertigen von Zeichnungen oder dem Umformen von Glaubenssätzen beginnst.

Mit Selbst-Coaching hast du dich positiv im Blick. Du lernst, an dich zu glauben und eigene Lösungsstrategien umzusetzen. Es ist bereits ein großer Schritt, dass du dich wirklich verändern willst, um dich selbst zu lieben. Du hast erkannt, wie notwendig Selbstakzeptanz ist.

Du kannst den Wert von Schönheit für dich selbst bestimmen und entdeckst vor allem den Wert von Persönlichkeit. Das bringt dich jeden Tag ein Stück weiter.

10.2 Dein Vertrag mit dir selbst

Versteckt sich hinter Selfcoaching nicht eine andere Art von Selbstoptimierung, wie du sie aus der Werbung und aus den sozialen Medien kennst? Es geht genau um das Gegenteil, du sollst dich nicht auf ein Bild hin entwickeln und fremde Eigenschaften annehmen, sondern dich selbst entdecken. Selfcoaching ist wie das Training für eine Reise. Diese Reise führt zu dir, deinen Vorstellungen, Wünschen, Ideen, deiner Liebe und deinem Lebensweg. Sie führt dazu, dass du deinen Körper annimmst, liebst und dich mit dir wohlfühlst.

Auf dem Weg dorthin gibt es Widerstände. Darum hast du dieses Buch zur Hand genommen. Beim Überwinden dieser Hindernisse unterstützen dich Methoden des Selfcoachings. Sie helfen dir, Ziele zu formulieren, Lösungswege zu entwickeln und die Motivation zu ihrer Umsetzung zu finden.

Dazu solltest du einen Vertrag mit dir selbst schließen. Vielen hilft es tatsächlich, wenn sie diesen Vertrag schriftlich verfassen. Wie beim Lernen erschließt sich ihnen die Bedeutung visuell. Sie haben dann etwas, an das sie sich ganz praktisch halten können.

Der erste Vertrag mit dir selbst sollte den ersten Schritt enthalten und einen Zeitpunkt als Ziel nennen. Wähle einfach etwas aus, was dir guttut, und erkläre es zur Pflicht. Du erreichst damit zwei Dinge:

1. Eine Pflicht ist für die meisten etwas Unangenehmes. Man muss sich überwinden, um sie zu erfüllen. Ist es jedoch etwas Positives, mit dem wir angenehme Emotionen verbinden, so übertragen sich diese positiven Emotionen auf unser Verhältnis zur Pflicht. Die Pflicht selbst wird zu etwas Angenehmem, Positivem, etwas, das wir gern tun.

2. Du übst dich in Verlässlichkeit. Jeden Tag wirst du diese für dich positive Handlung durchführen. Verlässlichkeit ist ein gutes Gefühl, das wiederum dein Selbstwertgefühl stärkt. Du merkst, dass du etwas kannst.

10.3 Versprechen schrittweise umsetzen

Ein Vertrag mit dir selbst ist wie ein Versprechen. Doch nimm dir nicht zu viel auf einmal vor. Auch darüber hast du bereits etwas erfahren. Wenn du zu viel auf einmal willst, schaffst du es womöglich nicht und du erreichst genau das Gegenteil von dem, was du eigentlich möchtest. Statt dich selbst zu lieben, wirst du dich noch mehr ablehnen. Statt Erfolg zu haben, musst du erst wieder einen Misserfolg verarbeiten. Schütze dich selbst davor und setze dir Zwischenziele, die du wirklich erreichen kannst.

Wie bei Projekten oder neuen Beziehungen kannst du dann schrittweise vorgehen und schaffst es, ein liebevolles Verhältnis zu dir selbst aufzubauen. Das Tolle ist, dass sich an ein Versprechen, das du dir selbst gibst, Emotionen knüpfen. Anders als bei einem Projekt oder einer reinen Pflicht bist du wirklich emotional beteiligt und stehst in einem Bindungsverhältnis. Das solltest du nutzen und ausbauen, um dich selbst zu motivieren. Du kannst dir auch Zwischenfragen stellen, um deine Motivation zu stützen:

- Warum möchtest du dieses Ziel erreichen?
- Was passiert, wenn du es nicht erreichst?
- Was passiert, wenn du es erreichst?

Damit klärst du für dich ab, ob du wirklich für Veränderungen bereit bist. Du kannst aus der Beantwortung dieser Fragen Kraft ziehen. Dabei solltest du dich besonders auf die beiden positiven Fragen konzentrieren: Warum du dieses Ziel erreichen willst und was passiert, wenn du es erreichst.

Die Konzentration auf das Positive ist auch ein gutes Training für dich. Du kannst Dinge negativ formulieren und negativ sehen, dir selber Angst machen oder dich deprimieren, du kannst aber auch mit positiven Effekten arbeiten und dich damit selbst stärken.

10.4 Ein Tagebuch als Orientierung

Vielleicht hast du es schon angelegt: Ein Tagebuch kann dich langfristig auf deinem Weg zur Selbstliebe unterstützen. Du kannst dir viele Sachen notieren, die dir helfen, dich von alten Bildern und Vorschriften zu befreien.

Schreiben und Malen haben eine therapeutische Wirkung. Du beschäftigst dich während des Aufschreibens und Aufzeichnens mit dir und setzt dich bereits an diesem Punkt kreativ mit Dingen auseinander, die du ändern willst.

Dabei kommt es nicht darauf an, dass du etwas perfekt formulierst oder genau aufmalst.

Vielmehr geht es um das Schreiben und Malen an sich, mit dem du lernst, dich auszudrücken.

Du kannst dein Tagebuch wie ein Logbuch auf einer Schiffsreise verwenden und ganz nach deinen Vorstellungen gestalten. Bist du eher der rationale Typ? Dann mach dir einfach ein paar Stichpunkte und arbeite mit Listen.

Du magst Bilder und Farben? Dann gestalte ganze Seiten zu den Themen, die dir wichtig sind. Eins sollte bei beidem gleich sein: Formuliere deine Ziele und Zwischenziele und notiere deine Erfolge.

Damit kannst du deine Fortschritte nachvollziehen. Das hilft dir beim Aufbauen der Motivation und bringt dich weiter, denn du siehst, wie viel du schon geschafft hast. Der Blick auf das Ziel wird zum Ansporn, dem du dich Schritt für Schritt, Teilziel für Teilziel näherst.

Ein Tagebuch hilft dir auch dabei, deine Ziele tatsächlich zu formulieren.

Das ist wichtig, wenn du dir über dich selbst Gewissheit verschaffen willst und vorbehaltlose Selbstliebe erreichen willst.

Ein klassischer Tagebuchaufbau könnte wie folgt aussehen:

- **Dankbar für:**
  Notiere für wen oder was du dankbar bist (Gesundheit, die beste Freundin, das Wetter ...) dies macht dir bewusst, wie wundervoll dein Leben ist!
- **Meine Gefühle:**
  Schreibe deine Gefühle auf und beschreibe, warum es dir so geht. Das hilft bewusst mit Problemen umzugehen, die dich belasten und hilft dir, diese zu verarbeiten.
- **Meine Gedanken:**
  Was schwebt dir gerade im Kopf? Hast du Lust etwas Außergewöhnliches zu unternehmen? Denkst du gerade viel an eine bestimmte Person oder ein bestimmtes Ziel in deinem Leben?
- **Positive Selbstbekräftigung:**
  Schreibe motivierende oder stärkende Sprüche auf. Das hilft dir dein Selbstwertgefühl und deine Autorität zu stärken. Es erinnert dich immer daran, wie wertvoll du bist!
- **Selbstfokussierung:**
  Was hast du heute für dich getan? Hast du heute ein schönes Bad genommen, eine tolle Yogaeinheit gehabt, gelesen oder ähnliches nur für DICH unternommen?
- **Tolle Dinge, die ich heute erlebt habe:**
  An was erinnerst du dich heute gerne?

10.5 Neue Glaubenssätze, jetzt mal positiv

Die Glaubenssätze aus der Kindheit haben sich als falsch erwiesen. Du hast erkannt, dass du sie ändern musst. Es kommt darauf an, Leitsätze positiv zu formulieren. Das bedeutet nicht, dass du unrealistisch sein sollst.

Das heißt einfach, dass du Glaubenssätze findest, die dein Leben besser machen, die dir helfen, deine Persönlichkeit zu entfalten, deine Schönheit zu zeigen.

Du kannst damit beginnen, vermeintlich Negatives positiv zu formulieren. Du bist ungeduldig? Das ist nichts Negatives: Du bringst die Dinge gern nach vorn und engagierst dich! Auf deinen Körper bezogen: Du bist zu klein? Du bist zierlich und apart. Du bist etwas Besonderes!

Glaubenssätze funktionieren wie eine Programmierung. Wer sich selbst negativ setzt, wird sich negativ entwickeln, begrenzt leben und Negatives um sich herum wahrnehmen. Wer positiv agiert, sieht Positives und nimmt Positives auf. Seine Ausgangsposition ist eindeutig die Bessere.

Der Weg zur Selbstliebe führt über einen achtsamen Umgang mit dir selbst. Dazu gehören Glaubenssätze, die dich nicht kleinhalten, sondern dich wachsen lassen. Wenn du lernst, dich selbst wertzuschätzen, werden auch andere dich mehr achten. Wenn du weiter ständig an dir zweifelst, sehen auch andere dich überkritisch, empfinden dich als unsicher und klein.

Das Formulieren von positiven Glaubenssätzen fühlt sich zunächst merkwürdig an, doch ist der Satz „Ich kann das nicht" viel blockierender als ein Glaubenssatz wie „Ich habe alle Möglichkeiten in mir, um erfolgreich zu sein"? Wenn du dich erst daran gewöhnen möchtest, versuch es mit positiven Kraftworten wie „Energie", „Kraft", „Stärke", „Mut" oder „Schönheit".

10.6 Routinen verändern und neu etablieren

Routinen bestimmen dein Leben. Manche bemerkst du gar nicht. Sie haben sich unbemerkt eingeschliffen. Du stellst erst fest, dass es die Falschen sind, wenn etwas nicht mehr läuft und du nach den Ursachen suchst. Eine falsche Routine kann die Organisation deines Morgens sein.

Bist du früh immer im Stress, schaffst es kaum ins Bad und fühlst dich auf dem Weg zur Schule oder zur Arbeit schrecklich? Dann musst du deinen Morgen neu organisieren.

Mach dazu keine großen Pläne, sondern ändere deinen Tagesanfang in kleinen Schritten. Stell dir den Wecker so, dass dir mindestens eine Viertelstunde fürs Badezimmer bleibt und eine Viertelstunde fürs Frühstück. Du merkst schnell, was dich am Aufstehen hindert, vermutlich gehst du abends zu spät ins Bett und bist darum morgens müde.

Beginnst du einmal mit einer positiven Routine, zieht das schnell andere positive Veränderungen nach sich und plötzlich ist dein Leben nicht mehr trist, sondern spannend und du selbst fühlst dich einfach wohl.

Das Tolle an Routinen ist, dass sie einmal fest etabliert, keine Energie mehr fressen. Nur am Anfang fällt es dir schwer, die 15 Minuten fürs Badezimmer zu organisieren. Bereits nach einer Woche genießt du die Zeit im Bad mit dir und freust dich, wenn du dich gepflegt und ausgeruht auf den Weg machen kannst.

Positive Routinen haben eine Sogwirkung. Du erlebst dich plötzlich als organisiert und tatkräftig. Das bekommen auch andere mit. Da du dich um dich selbst kümmerst, gewinnst du insgesamt und lernst, dass positive Veränderungen möglich sind.

10.7 Meilensteine und Belohnung

Die eigenen Erfolge gehen oft unter. Während Fehler und Misserfolge ausgiebig besprochen, im Gedächtnis verankert und immer wieder neu reaktiviert werden, passiert das mit Erfolgen nicht. Du bist es nicht gewohnt, Positives über deine Leistungen zu äußern. Du möchtest nicht prahlen und hältst dich daher zurück. So verhältst du dich dir selbst gegenüber, so zeigst du dich nach außen. Du wunderst dich, dass du bei vielen Dingen übergangen wirst, dass deine Anmerkungen nicht berücksichtigt werden, dass dir niemand etwas zutraut.

Der Schlüssel dazu liegt bei dir. Du selbst traust dir nichts zu oder wertest deine Leistungen ab. Um damit aufzuhören, solltest du dir Zwischenziele als Meilensteine notieren. Du kannst dir gleich eine Belohnung ausdenken oder du überlegst dir spontan etwas, wenn der Meilenstein erreicht ist. Wichtig ist nur eins, dass du dich wirklich belohnst.

Ähnlich wie bei den Glaubenssätzen und Routinen holst du damit etwas in deinen Alltag, was positiv ist, deine Selbstachtung stärkt und dich zu mehr Selbstliebe und Achtsamkeit anregt. Indem du Erfolg als machbar begreifst, öffnest du dir eine Tür, die du vorher mit falschen Glaubenssätzen und falscher Bescheidenheit versperrt hattest.

Hast du vorher unbewusst immer gedacht, dass du es nicht wert bist, wahrgenommen und gefeiert zu werden, dreht sich das jetzt um: Du feierst deine kleinen Erfolge und belohnst dich für jeden Schritt. Wichtig ist, dass du keinen auslässt und nichts verschiebst. Ähnlich wie beim Vertrag mit dir selbst geht es um Verlässlichkeit. Die Belohnung sollte wirklich als Belohnung zeitnah kommen. Du solltest dich nicht selbst betrügen, sondern diesen Anlass wahrnehmen, um dich selbst zu verwöhnen und dir Gutes zu tun.

10.8 Veränderungen wahrnehmen und feiern

Über dein Tagebuch kannst du Veränderungen wahrnehmen und dir selbst verdeutlichen. Oft fällt einem selbst nicht auf, dass man sich verändert hat. Doch genau das solltest du aufmerksam beobachten. So kannst du deine alten Angewohnheiten dauerhaft ablegen. Du trennst dich von ihnen. Das ist ähnlich wie beim regelmäßigen Ausräumen des Kleiderschranks. Verabschiede dich einfach von den negativen Zuschreibungen, die bisher dein Leben bestimmt haben. Freu dich, wenn du spürbar aufrechter und selbstbestimmter durchs Leben gehst. Und lerne vor allem, dich selbst zu feiern und zu bewundern.

Der Weg, den du gehst, ist nicht einfach. Viele Hindernisse und Stolperstellen warten auf dich.

Es sind Erinnerungen aus der Kindheit, Erfahrungen, die sich immer wiederholt und selbst bestätigt haben, Verdichtungen, die du langsam löst und durch neue positive Richtlinien ersetzt. Es ist wichtig, dass du dich selbst über dich freust, dass du dir etwas gönnst, dich lobst, dich so wertschätzt, dass du deine Erfolge wahrnimmst und feierst.

Mit dieser Haltung löst du eine andere ab, die Selbstzweifel an die erste Stelle setzte. Du söhnst dich mit dir selbst aus, bringst dir Achtung und Wertschätzung entgegen. Durch diese Fokussierung auf neue Glaubenssätze und einen anderen Umgang mit dir selbst lernst du, dich selbst zu lieben, dich zu akzeptieren und deinen Körper anzunehmen.

Du erlebst eine Wandlung aus eigener Kraft und hast jeden Grund, auf dich stolz zu sein.

Mit deiner Selbstachtung steigt auch deine Widerstandskraft gegen die Bilder aus Werbung und Social Media. Du weißt jetzt, was du dir selbst wert bist und lässt dich nicht mehr unter Druck setzen.

10.9 Dein Weg zum starken Ich

Deine Entwicklung solltest du selbst in die Hand nehmen. Übernimmst du Verantwortung für dich selbst, bist du bereits ein ganzes Stück innerlich gewachsen. Investiere in dich und deine Zukunft. Glaube an dich und erkenne deine Schönheit, das Besondere und Außergewöhnliche in dir. Du brauchst keine Tipps aus der Werbung, du brauchst kein Feedback von Insta & Co, du brauchst vor allem Vertrauen in dich selbst, in deine Fähigkeiten und deine Chancen.

Damit weckst du die bedingungslose Selbstliebe, die du brauchst, um dich wohlzufühlen und bei dir selbst anzukommen.

Indem du dir selbst Aufmerksamkeit schenkst und deine positiven Seiten entdeckst und pflegst, gewinnst du an Ich-Stärke. Du musst lernen, dir selbst etwas zuzutrauen. Du kannst dir sogar ein kleines Training überlegen, um dir selbst zu zeigen, was alles möglich ist.

Probiere dazu jede Woche einmal etwas völlig Neues aus: Buche einen Fallschirmsprung, lerne ein völlig neues Gericht kennen, probiere eine neue Massageart oder streichle im Zoo einen Löwen. Das klingt verrückt? Diese Angebote gibt es und du lernst dabei, dass alles möglich ist und erreicht werden kann.

Du wächst bei solchen Aktionen immer ein kleines Stück über dich hinaus. Das bringt dir die Bereitschaft, mutiger zu sein und im Alltag offensiver mit Herausforderungen umzugehen. Notiere deine Erlebnisse in deinem Tagebuch. Geht es dir einmal schlecht, kannst du dich daran erinnern, wie du deine Ängste überwunden hast und den Mut gefunden hast, um aus einem Hubschrauber zu springen oder einem Löwen die Mähne zu kraulen. Wer sich das traut, der schafft doch noch viel mehr, oder?

10.10 Ein tolles Gefühl: Endlich angekommen!

Betrachte dich einmal. Hast du dich in den letzten Monaten verändert? Bestimmt. Du hast zunächst einfach nur das Buch gelesen? Gratulation, bis hierher hast du es geschafft und bestimmt einige neue Einsichten gewonnen.

Unabhängig davon, ob du noch nicht direkt mit dem Projekt Selbstliebe begonnen hast, mittendrin in deinen Aufgaben steckst oder schon weit fortgeschritten bist, etwas hat sich in jedem Fall in deinem Leben bewegt.

Diese Bewegung solltest du nicht aus den Augen verlieren. Sie führt zu dir hin und gibt dir Kraft. Sie verleiht dir Energie und die Fähigkeit, dich neu zu sehen. Damit unterstützt du eine der wichtigsten Beziehungen, die du haben kannst, die Beziehung zu dir selbst.

Du schaffst dir aus eigener Kraft den Raum, den du brauchst, um zu leben und zu wachsen.

Wenn du bei dir selbst angekommen bist, verlieren die Aussagen der Werbung, die Leitsätze deiner Kindheit und die Richtlinien der Influencer ihre Wirkung. Du entscheidest allein, was für dich wichtig und gesund ist. Mit dieser Stärke steigt deine Attraktivität. Die Grundlage deines Denkens und Handelns sind nicht mehr die anderen. Du bestimmst jetzt, wo es für dich lang geht. Je achtsamer und aufmerksamer du mit dir umgehst, je mehr Liebe du dir schenkst, umso stärker wirst du innerlich.

Du nimmst deinen Körper jetzt, wie er ist. Du willst ihn nicht nach einem Modell verändern, sondern du setzt selbst die Standards. Das ist ein gutes Gefühl, von dem du dich nicht mehr trennen willst.

Fazit und Ausblick: Mit mehr Selbstliebe zu Stärke und Schönheit

Wer träumt nicht von einem glücklichen Leben? Das Einssein mit sich selbst ist eine der wesentlichen Voraussetzungen, um kraftvoll und stark agieren zu können. Dieses Einssein kannst du mit Selbstliebe erlangen.

Die Zuneigung zu deinem eigenen Ich schafft den Raum für Entwicklung. Selbstannahme geht einher mit einem guten Gefühl für den eigenen Körper und seine Bedürfnisse. Die Fähigkeit, sich selbst zu lieben, kannst du schrittweise erwerben. Bist du einmal mit dir im Reinen, verlierst du dieses Gefühl nicht mehr. Die Erfahrung eigener Schönheit bleibt.

Selbstliebe bewahrt dich nicht vor Herausforderungen, doch sie gibt dir die Kraft, leichter mit Widerständen umzugehen. Vertraust du dir selbst, kannst du dich auf die Lösung deiner Aufgaben konzentrieren und bist erfolgreicher in Schule, Ausbildung und Job.

Selbstliebe ist ein Gefühl, das du kennenlernen und pflegen solltest. Gib die Verantwortung über dein Leben nicht ab, sondern nimm sie selbst in die Hand und bestimme, wo es lang gehen soll. Es ist dein Leben und es ist voller spannender Abenteuer. Lass dir das nicht nehmen, sondern entdecke die Liebe zu dir und finde deinen Lebensweg selbst.

Unterstütze dieses Projekt

Ich habe mein ganzes Herzblut in dieses Buchprojekt gesteckt!

Ich hoffe dieses Buch hat dir gefallen und du bist nun einen großen Schritt näher dich und deinen Körper zu lieben.

DU würdest mir einen riesigen Gefallen tun, wenn du mir eine Bewertung auf Amazon dalassen würdest und mir so dabei hilfst das meinem Projekt mehr Aufmerksamkeit geschenkt wird!

Vielen Dank!

Deine Jasmin

Haftungsausschluss

Bei diesem Buch handelt es sich ausdrücklich um keine Psychologische oder Therapeutische Behandlung. Dieses Buch enthält Meinungen und Ideen des Autors und hat die Absicht, Menschen hilfreiches und informatives Wissen zu vermitteln. Die enthaltenen Strategien passen möglicherweise nicht zu jedem Leser, und es gibt keine Garantie dafür, dass sie auch wirklich bei jedem funktionieren. Die Benutzung dieses Buchs und die Umsetzung der darin enthaltenden Informationen erfolgt ausdrücklich auf eigenes Risiko. Das Werk, inklusive aller Inhalte, gewährt keine Garantie oder Gewähr für Aktualität, Korrektheit, Vollständigkeit und Qualität der bereitgestellten Informationen. Druckfehler und Fehlinformationen können nicht vollständig ausgeschlossen werden.

Impressum

E-Mail: jasmin.liebherz@gmail.com
Facebook: Jasmin Liebherz

Jasmin Liebherz wird vertreten durch:

Kay Gedan
73066 Uhingen
Dürerstraße 3

Jahr der Veröffentlichung: 2020

Verantwortlich für den Druck:
Amazon Fulfillment

Printed in Poland
by Amazon Fulfillment
Poland Sp. z o.o., Wrocław

78440494R00073